유태서 문집

남기고 싶은 이야기

이 도서의 국립중앙도서관 출판예정도서목록(CIP)은 서지정보유통지원시스템 홈페이지(http://seoji.nl.go.kr)와 국가자료종합목록 구축시스템(http://kolis-net.nl.go.kr)에서 이용하실 수 있습니다.
(CIP제어번호 : CIP2020026442)

유태서 문집 2020

남기고 싶은 이야기

한누리미디어

| 서문 |

늘 푸르른 소나무처럼

조석구
(문학평론가, 문학박사)

유태서 형이 문집 《남기고 싶은 이야기》를 상재한다. 우선 먼저 문집 출간을 진심으로 축하드린다. 그는 나와 중고등학교를 동문수학한 막역한 사이이다. 그는 뜻한 바 있어 고교 졸업 후 국가공무원이 되어 27년 간 근무하였다. 그는 매사에 성실 근면하고 추진력이 뛰어나 화성시 향남면 면장과 오산시 대원동 동장으로 지역사회 발전에 지대한 업적을 남겼다.

국가 공무원을 퇴직하고 봉사단체인 오산로타리클럽 회원이 되어 로타리클럽 회장, 경기도 남부지역 국제로타리클럽 3750지구 부총재를 역임하였다.

그는 뼈대 있는 집안의 후손으로 7형제의 맏이이다.

형제간의 우애가 돈독하여 우리 사회의 모범을 보이고 있다. 참으로

부럽다. 참으로 자랑스럽다.

이 문집 내용은 시문과 기행문, 봉사단체의 봉사기록, 재판기록 등등을 꼼꼼히 담고 있다.

세상을 살아가면서 느끼는 여러 가지 이야기들을 꾸밈없이 진솔하게 표현하여 읽는 사람에게 잔잔한 감동의 파문을 일게 한다.

아무쪼록 이 책이 많은 사람들에게 읽혀 우리 인생행로의 귀감이 되기를 소망한다.

'고향은 인물을 낳고 인물은 고향을 빛낸다' 고 한다. 그는 늘 푸르른 소나무처럼 고향을 굳세게 지키고 있는 우리 동창들이 존경하는 인물이다.

유태서 형도 이제 팔십 고개를 넘어가고 있다.

문집 출간을 다시 한 번 축하드리며 수산복해(壽山福海)를 삼가 기원드린다.

| 차례 |

시문편 · 2

영원한 것 없다

| 차례 |

산문편 · 4

시문편 · I

인생무상

죄

대못이 박힌 자는
죽을 때 편히 잠들지만
남의 가슴에 대못질한 자는
잠을 잘 때도 다리를 오므리고 잔다

마음이 평온해야 한다
어느 종중이나 마찬가지
개인재산을 탈취하기 위하여
종중원을 총동원하는 것은
인간답지 않은 일이지만
그것을 쟁취하기 위하여
벌떼같이 대드는 모습이 가증스럽다

인간이 잠깐 동안 재산을 빌려 썼고
직위도 잠시 이용했지만
짧은 인생을 마무리할 때
가져가는 것이 하나도 없다

그 인간들이 불쌍하다
죄를 받는다

행복의 죄를
악의 죄를
인생의 죄를
평생의 죄를
대대로 자손에 이르기까지 죄를

인생을 잘못 살아가는 불쌍한 인간들

빚쟁이

개인소유였던 땅 '특별조치법'
등기 당시 명의신탁제도가 없었고
지금도 없다

명의신탁이란 미명 아래
재판의 판결로
종중으로 등기 이전되었다

그동안 개인이 세금을 납부하였다
명의신탁하였다면
등기 당시부터
종중에서 세금을 납부했어야 했다

세금도 내지 않고
토지 등기 이전하였으니
그 단체는 개인에게 빚쟁이로다

빚쟁이는 불쌍하다
구성원이 천치 바보요
눈이 먼 장님과 다를 게 없다

애석하고 슬프다
구성원이 좁쌀스럽다
발전의 희망이 보이지 않는다

불쌍한 빚쟁이
빚쟁이 빚쟁이 빚쟁이

소송꾼

소송대리인 변호사
법정 내에서의 행동이
다른 사건 심리하는 도중에
법정을 서성거리며 이리저리 활보하고
대기중에 있는 타변호사의 문서를 들여다보고
기웃거리며 미소를 짓는다
이 정도면 갑질이 아닌가

재판 장소는 엄숙하고 조용하게
자기가 맡은 변론을 준비해야 하는데
순번에 대기하고 있는 자는 숙연한데
소송꾼이 아니면 그렇게 할 수 없다

재판 심리중에 자기에게 불리할 것이라 예측이 되면
재판부를 바꾸어 달라고 기피 신청하고
압박성 소송 진행에 판사가 흔들리고
전관 예우, 동기 동창, 선후배, 같은 대학 출신으로
얽힌 판결이 뒤집히는 잘못
신뢰 회복은 아직 멀었는가

알고 있는가

한일합방 전부터 소유 관리하였던 땅
6.25 사변으로 문서가 소실되어
복구등기를 필하지 못하고
정부시책으로 '특별조치법' 으로 등기하여
개인재산으로 등기 소유하였던 땅
어느 종중할 것 없이 비슷하다
송사에 의하여 원고측으로 명의 이전되었다
그동안 소유자가 수년간 각종세금 납부와 재산관리까지 하였다
병행하여 의료보험료까지 납부하였다
원고측에서는
개인이 납부한 각종세금, 의료보험료를 부담했어야 되지 않을까
원고측에서는
개인에게 부담시키는 것은 도리가 아니라고 생각한다
알고 있는가
원고측에서는
개인 한 사람을 궁지에 몰고 낭떠러지로 내몰고
매몰차게 몰아붙이고 올 데 갈 데 없이 만들어 놓고
개인 재산과 인격까지 마구잡이로 짓밟는가
원고측에게는
장기간 동안 개인에게 피해준 것에 상당하는 보상이 있어야 한다

일반인

일반인들의 머릿속에는
판사는 감정과 편견이나
선입견에 흔들리지 않고
특정 정치성향이나
이념에 물들지 않은 채
'기계적' 으로 법을 적용해서
해석하는 사람인 것처럼 그려져 있다

그러나 현실은 동떨어져 있다
판사도 일반인과 똑같이
선입견이나 편견
정치성향과 이념에 따라
움직이고 있다는 걸 보여주고 있는 듯
판사 개인의 기질과 성향에 따른 튀는 판결
들쭉날쭉 판결을 줄이려면
사법제도 개선을 위한 대책이 필요하다

기위 판결이 난 것이라도
잘못된 판결을 뒤집는 제도가 있어야 한다

'삼심제도가 끝났으니까 필요 없다' 를
오판할 수 있어
억울하고 불쌍한 백성을 위해서
4심, 5심이 필요하다

치욕

지금까지 조상님들께서는 소송이라는
말조차 들어보지 못하였다

시대가 변화하고 발전되고
개인이기주의가 발달하면서
수많은 소송이 많이 나타나고 있다

종중 이름으로 처음 소송인 것 같다
왜 그랬을까?
원인은 그 지역이 토지수용이 된다고 하니까
개인이 보상을 받는 것이 배가 살살 아프니까
그래서 시작이 되었다

마당 끝에서 10촌이 나온다
아저씨, 조카, 형님, 아우님 하더니
서로 헐뜯고 손가락질하며
오순도순 살아가는 모습은 온데간데 없다

피붙이 집안 싸움한다
어떠한 것이 옳고 틀림을 따지기 앞서

집안의 치욕이다
좋은 일에 종중원이 단합해야지
나쁜 일에 마음을 합치니 한심스럽다

눈이 어두우니까
치욕이 아닐 수 없다

회갑

환갑을 맞은 헌법이
사회발전의 기틀이 되어야 한다
아직도 국민생활에 제대로 미치지 않고

법은 국가의 기본이
국민의 생활 터전
법이 폄하되고 무시행위가 횡행하고 있는 것은
법을 집권의 편의를 위한 도구로 착각하는 정치권이나
시민들의 잘못된 법인식 때문이다

국회와 정부 사회는 국민이 법을 준수하고
권리를 남용하지 않을 의무를 지고 있음을 자각하게 하여
사회질서를 확립하고
민생을 안정시켜야 한다

정부는 법을 준수하고 법률을 공정하게 집행해야 한다
환갑이 지난 법 확립을 위한 대전환점이 되기를 바라며
국민을 편안하게 안정된 생활을 할 수 있도록 하여야 한다

법을 문서로 작성하기 이전에

법은 물 흐르듯
사회생활의 이치에 맞고
이론에 맞고
편안한 생활습관에 맞는
어긋나지 않는 법 집행이 필요하다

세상이란

가정에 완전한 복을 갖춘 집 드물고
아비가 절약하면 아들은 방탕하고
재산은 3대를 이어가기 힘들고

남의 가슴에 대못 박으면
그 메아리가 자기에게 되돌아오고
못 박을 때 기세는 당당하지만
그가 쇠퇴해질 때 반성하고
남의 가슴에 대못박을 때
같은 편이라고 부추기고

상대방 앞에서는
주동자가 아니라고 시치미 떼고
앞장서고서는 내가 아니라
전체가 한 것이라 변명하고
부추기는 자가 더 나쁘고
아닌 척하고 눈 가리고 아웅하는 사람이 더 나쁘고
흑과 백이 분명하지 않고
회색 노릇하는 자는 더 나쁜 사람이다

결과는 먼 훗날에 나타나고
세상이란 이런 것인가
하늘이 내려다보고 있다

신세를 진 원고

명의신탁하였다고
소송을 하며 개인재산을
법의 판결로 등기 이전하였다

수년 동안 개인이 소유하여
모든 세금, 의료보험료 납부하였다
명의신탁하였다면 그 때부터
세금을 납부하였어야지

개인이 세금을 납부한 것을
모르는 척하는지
개인에게 보상해야 된다
소송한 원고 측에서는
신세를 지고 있는 것이다
신세는 언제 갚을 것인가

교훈

토지가 2인 명의로 되어 있다
토지소유자 2인중 한 사람이 은행에 담보를 제공하고
돈을 빌려 사용하고자 할 때
토지소유자 2인중 1명이 담보 제공하지 않으면
대출을 받을 수가 없어서
담보 제공을 해 주었고
대출받은 돈에서 한 푼도 사용하지 않았다

은행에서 대출받아간 사람은 파산이 되었고
행방불명되었고 부인과 이혼을 하였으며
자식들과도 왕래를 하지 않고 있어서
형사고발하겠다고 준비하는 과정에서
형사고발은 할 수 없고 민사소송으로나 해야 된다고 한다

민사소송도 은행에서 대출받아간 사람에게
재산이 있고 자금이 있는 것이 확인되어야 되는데
재산이 전무하다면
민사소송도 해 보았자 아무 소용이 없다 한다
담보 제공한 자만 억울하게 손해를 보고도 하소연할 데가 없다
담보 제공은 물론 보증을 해 주는 것은
어느 누구도 하지 말라는 교훈이다

작은 도둑 큰 도둑

어느 누구도 이렇게 해도 되나
수년간 등기 소유하였던 토지
개인이 각종 세금 의료보험료를 부담했다
개인에게 무리하게 부담시켜 놓고
나 몰라라 한 채 현재에 이르고 있다

명의신탁 시점에서 각종 세금을 납부했어야 했다
개인에게 분배하는 돈을
본인 의사와 관계없이 가로채 갔다

금액이 많고 적고를 따지기 이전에
개인의 재산을 마음대로 처리해도 되나
마음 속에 양심이 없는 강탈하는 조직인가 보다

경매를 시작하는 도중에
압류해제하고 경매를 취하하였다
이에 따른 경비를
피고 개인에게 부담시키면 되겠는가

도둑은 크고 작은 것이 없다

작은 도둑도 도둑이요 큰 도둑도 도둑이다
바늘도둑도 도둑이요 소도둑도 도둑이다
양심이 바르지 않은 것도 도둑이다
도둑중에 상도둑이나 떼도둑 아니냐

법 위에서 노는 사람

법은 만인에게 평등하다고 한다
과연 그럴까
법은 누가 만들었나
만인에게 편리하게
권력자에게 유리하게 만들면
약자는 법의 문턱이 높다

법을 만들고
법 위에서 노는 사람
그 사람은 권력자
돈 많은 사람
변호사 판사 검사
수없이 많다
법원의 상징 저울대는 무슨 의미인가

사회갈등

갈수록 많은 분야에서 여러 형태로 매일매일 법에 호소하고 있다. 그 수요가 증가하고 있다.

당사자들은 최종적으로 정당한 법원의 판단을 구하는 것으로 해소되길 기대한다.

법적 판단으로 결론이 내려져도 믿는 사람은 없다. 패소한 측의 불만이 완전히 해소되는 것이 아니다. 그러하다면 갈등과 분쟁의 해결 방법으로 법원의 판단만을 추구하는 것은 성숙한 사회가 아닐 것으로 보인다. 검사 판사 변호사 할 일은 당사자 간에 화해, 조정을 통해 해소하는 것이 법의 판단을 추구하는 것보다는 바람직하다 할 것이다.

재판을 판결하는 위치에서 깊이 있게 성찰하고 사회갈등 해소를 위해 많은 노력을 기울여야 하지 않을까. 패소한 측은 억울하고 분통이 터진다.

조상을 팔아

어느 종중할 것 없이
조상을 팔아
재물을 챙기는 후손은
조상을 욕보이게 한다

선조들께서 재산을
이루어 놓아
후손들이 유지 보존 관리하지 못하고
조상을 팔아 개인이
이득을 취하는 것은 온당치 않다

조상 내지 양심을 팔아
이득을 보는 이는 없는지
국가의 국책 사업으로
조상이 이루어 놓은 것이 수용되어
만부득이 처리해야 되는 경우에는
어찌할 수 없지만

그렇지 않는 경우에
종중원을 선동하며

재산을 팔아 정리하는 것은
온당치 않을 뿐만 아니라
당사자가 죽어서 저승에서
조상님들을 어떻게 뵐 수 있을까

인생

먼지 같은 허무한 인생
남의 시름 생각하라
떠오르는 사람아
그 사람들의 허무한 인생
불어라 사랑 담고
훨훨 불어라
피어난 옛 추억
오래도록 간직하라

인생무상

사람의 일생은 알고 보면 참으로 덧없는 짓
사람 나고 돈 생겼지 돈 나고 사람 생겼나
우리는 삶에서 반드시 이루고 싶은 것을 설계하고
실천에 옮기기 위하여 최선을 다하지요

공들여 마련한 재산 알뜰살뜰 요모조모 아껴서
어렵고 힘든 사람 도와주고 보람을 느끼는 인생
돈이란 잠시 빌려 쓰는 것 욕심을 두지 말자
떠날 때는 빈손으로 가는 아무것도 없는 뻐저린 것을
허무한 인생무상인 것을

마음 추운 것

춥다는 계절
몹시도 추운 겨울
옷깃을 여미며
책보자기 등에 메고
학교에 가고
집에 오는 길목
양지바른 논두렁에 불을 지펴
언 손발을 녹이고
호호 불며 녹여 보고
솜바지 가랑이 타는 줄 모르고
몸 추운 것이
마음 추운 것보다 낫다

행복이란

행복은 재산이나
지위와 관계가 다르다
물질이 충분해서
행복을 느끼는 것은 동물들
마음에 조화가 있어야 인간이다

남의 재산을 탐하거나
송사로 인하여 취득한 재산이
보탬이 되었다고 해서
행복을 느끼는 것은 동물의 차원
마음을 베푸는 데서 인간미가 우러나야
재산은 오래 가게 된다

작은 이익을 얻었다고 해서
행복을 느끼는 것은
동물보다 못하고
마음에 인정이 도사리고 있어야
가슴으로 느끼는 진정한 행복이다

시문편 · 2

영원한 것 없다

아내

시골에 살고 싶다 한다
맑은 공기 마시고
정원도 가꾸고
산새소리 들으며
조용하게 살아갑시다 한다

시골에 작은 집을 지었다
공터에 나무와 꽃을 심었다
자리 잡히기까지 10년이 되어서
조화를 이루고
조경에 전문가답게
봄이면 꽃을 피우게 하고
여름에는 녹색의 숲을 만들고
가을에는 들국화 그윽한 향기
작은 물 향기 수목원
겨울에 눈이 많이 쌓였다

소나무 가지에 하얀 눈이
무게를 지탱하기 힘들어 휘어졌다
베란다 밖 눈을 치우고

새 먹이를 놓아주고
이름 모를 갖가지 새들
새파란 깝죽새
붉은색 띤 작은 새
서로 시샘하며 먹이를 먹는다
자연과 더불어 적응하며 산다

아내는 전문조경사다

홀로 인생

인간은 어우러져 살아야 한다고 한다
그러나
끝내는 사람은 홀로 사는 과정이다
홀로 사는 사람은
진흙에 더럽혀지지 않는
연꽃처럼 살려고 노력한다
홀로 사는 것은
물들지 않고 때 묻지 않고
순진 자체다
자신의 인간 가치는
높은 사회적 지위, 명예, 많은 재산을
소유하고 있는가가 아니라
최선의 노력으로 살아가야 하지 않을까
영원한 것은 없다
모두 한 때일 뿐
잠깐 빌려 쓰는 것이다

영원한 것 없다

조선시대에 계급사회가 있었다
현재에는 어떠한가
현대판 양반의 계급사회가
존재하고 있다

현대판 양반은
권력이 있고
돈이 많고
힘이 있고
법 위에서 행세하는 자들이다

돈이 없고
백이 없고
힘이 없어
법 밑에서 웅크리고 있는 자는
인생 바닥에서 기고 있는 것이다

그러나 영원한 것은 없다

인생의 삶

단순하게 사는 일이다
평범하게 사는 일이다
자연스럽게 살고 싶다
내 삶을 대신해서 살아줄 수 없다
나는 나답게 살고 싶다

행복은
양 많고 덩치가 큰 것을
소유하는 것이 아니다
작은 것을 가지고도 고마워할 줄 알고
만족할 줄 안다면
그는 행복한 사람이다

가슴이 넓고 너그러워야 하고
가슴 없인 아무것도 존재할 수 없다
가슴은 포용력이 있어야 하고
가슴은 이렇듯 마음의 중심이다

우리가 가진 맑고 빈곤한 가난은
부보다 값지고 고귀한 것이다

가슴에 자비로움은
삶의 지혜로써
버리고 비우지 않으면
새롭게 진전할 수 없다

공병우 타자기

달그락 걸쇠를 푼다
따르륵 둥근 손잡이를 돌려 종이를 끼운다
드르륵 캐리지 뭉치를 오른쪽 끝까지 민다
따닥 따닥 자판을 때릴 때마다
긴 활자대가 벌떡벌떡 일어나서
철컥철컥 글자를 찍는다
한 줄이 차 가면 '땡'
가벼운 종소리가 울린다
레버를 젖혀 철커덕 캐리지를 움직이고
새 줄이 시작된다
문서를 작성할 때 '독수리 타법' 으로 하였으며
국가기술자격시험이 있었으나
한정된 인원으로
여자의 직업으로
사무실 일터로 한창이었다
컴퓨터에 밀려나서 1995년 사라졌다.

성격

나는 어떤 성격의 유형인가
책임감이 강하고 온정적이며 헌신적이다
침착하고 인내심이 강하다
다른 사람의 사정을 잘 고려하며
자신과 타인의 감정 흐름에 민감하다
일 처리할 때 현실 감각을 발휘하여
실제적이고 조직적으로 처리해 나간다
자신이 틀렸다는 것을 경험적으로 확인할 때까지
어떠한 난관이 있어도 꾸준히 밀고 나가는 편이다

마을버스

시골 촌락에 마을버스
5일장이면
시장에 나가느라
온 동네가 한가하다
버스에 올라타면
마을버스 기사는 인사성이 있어
어서 올라오세요 반갑습니다 한다
손님은 예 반갑습니다
그런데 기사님이 못 보던 기사님이신데
예 먼저 기사는 직장을 옮겼습니다
현기사님은 참하시네요
손님과 기사님은 오래 전부터
사귄 사이 같다
손님은 승차하면서 승객들을
일일이 살펴보면서 인사를 나눈다
오랜만이신데 건강하시지요 묻는다
너무 늙어서 오늘도 병원에 가는 길이요 한다
약 타러 가요
아프지 말아야 하는데요 한다
그러게 말이요 너무 오래 써먹어서

모든 기관이 낡았어요
한 군데 아프면 다른 곳이 또 아프고
이동병원이요라 한다
구수하게 인사한다
이웃동네 아저씨에게
모든 안부를 다 묻는다
그 동네 갑순이는 별일 없으시지
예 별일 없어요
거기 갑돌이는 건강하신가 한다
건강하고 말고요 그라운드 골프 치러 갔어요 한다
그러는 와중에 목적지에 도착하여
하차를 하는 시간이 되었다
헤어지면서 또 만나요
만나서 반갑고요
버스 안은 안부를 묻고
건강을 챙기고
구수한 말들이 오고 간다
오늘 장날에는 쌀 가격이 얼마래요
고추가격은
유난히 장마가 지루한 여름이었기에

고추농사가 흉작이라
걱정스러운 마음으로 묻고 또 묻고
김장 걱정하느라 주부들끼리
살림 걱정 버스 안이 떠들썩하다
훈훈한 정이 넘친다

할미꽃

시골의 오솔길
아지랑이 아롱거리는 언덕
따스한 바람이 불어
다소곳이 땅을 비집고
온몸에 하얀 털을 입고
허리가 아파서인지
미소 지으며 피어나는 할미꽃
힘들게 올라오네

오지의 오솔길
양지바른 언덕에
온화한 바람이 불어
다소곳이 땅을 비집고
솜털이 뽀얗게 옷을 걸치고
미소 지으며 피어나는 할미꽃
힘들게 올라오네

사외이사 면접

– 자기소개서

오산시 서동 조그마한 마을에서 태어나 7형제 중 장남으로 태어났습니다.

부모님께서는 저의 형제들을 엄하고 정직한 성품으로 키워 주셨습니다. 그 덕택으로 형제들은 우애가 있고, 사랑을 주고받으며 성장하여 남을 배려하며 이해하고 화합하여 살아가는 긍정적인 성격과 책임감을 최우선으로 하는 자세를 배웠으며 세상은 더불어 살아간다는 것을 알게 되었습니다.

오산고등학교를 졸업하였고 그 후 지방행정공무원으로 27년간 근무하였으며 행정 전문가로서 면모를 갖추고 있습니다. 육군으로 군입대하여 의무학교를 졸업하고 수도사단 의무중대에서 근무하였으며 계급은 일반 하사로 만기전역하였습니다.

저의 성격은 '하면 하고, 안 하면 안 한다' 는 것입니다. 무슨 일이든 맡으면 끝까지 책임지는 책임감이 강합니다. 약간은 내성적이면서도, 사교적이고, 단점은 다른 사람들에 비해 너무 꼼꼼하다는 게 단점인 것 같습니다.

저의 신조는 과거 경력에 선입견을 가지지 않고, 무슨 일이라도 도전

한다. 항상 내가 모르는 것은 배워야 하고 새로운 환경에 도전한다는 생각이고, 우리나라 속담에 '구르는 돌은 이끼가 끼지 않는다' 를 좌우명으로 살고 있으며 단단한 땅에 다리를 붙이고자 합니다.

저는 그동안 일반 행정 경험을 바탕으로 새롭게 도전하고자 합니다. 기회를 주신다면 성심성의껏 보답하도록 하겠습니다.

아버지

살아계실 때
자손들에게
형제간에
우애 있게 지내라

아버지 세상을 떠나시고
형제들은 한 달에
한 번 모임을 가져 친목을
도모하며
우애 있게 지내고 있다

모이는 형제는
7형제이며
한 명도 이탈하지 않고
아버지의 유지를
따르고 있다

부모님이 돌아가시고
형제가 모이는 가정은
별로 많지 않은 것으로
우리 형제는 모범이 되는
모범가정이다

명절

제사상 차림은
항상 힘들고
어렵다

우리는 딸이 없이
남자만 일곱 형제
상차림을
정성스럽게 준비하며
일곱 형제가 골고루 음식을
나누어 제사상을 차린다

어느 한 가정에서
준비하면 힘들어
나누어 준비한다

형제가정이 더 화목해진다
모이는 인원은 50여 명이 넘는다
한 자리에 모여 북적거린다

친구

친한 '친구' 는 몇이나 될까?
고대 철학자들은
'친구' 를 도움이 되는 사람으로 정의했다

'친구' 중에는 나쁜 친구도 있다
필요할 때만 연락하는 '친구'
자기가 하고 싶은 말만 하는 '친구'
자기중심적인 '친구'
남들 앞에서 창피를 주거나 놀리는 '친구'
만나고 나면 자존감이 떨어지는 '친구'
좋은 일이 있을 때 기뻐해 주지 않는 '친구'
비밀을 역으로 이용하거나 퍼트리는 '친구' 다

그러나 나는 좋은 '친구' 가 있다
'친구' 중에
'조석구' 문학박사를 망설이지 않고 이야기한다.
'친구' 는 내가 어려워서 고난과 실의에 빠져 있고
인생의 극단적인 생각을 하고 있을 때
위로를 하여 주었고
용기를 북돋아주었다

큰 힘의 말을 해 주어
재생의 길을 인도해 준 친구
'친구' 고마워요 잊지 않을게

가까운 친구

느닷없이 찾아온 친구
그 이름 고혈압
같이 살아가자고

30년 전에 갑자기 찾아왔다
뿌리칠 수 없어
같이 살아가고 있다

또한 껌딱지가 찾아왔다
그 이름 고지혈
죽을 때까지 같이 살아가자 한다

갑자기 찾아온 친구
껌딱지 고지혈과 고혈압
매일 뒤범벅이 되어
같이 살자 한다

보약 같은 친구
같이 살아가는 게 운명인 것을

2020년 사자성어

여러 사자성어 중
그 한 가지
공명지조(恭命之鳥)

즉
상대방을 죽이면
결국 함께 죽는다

깊이 새겨야 할 사자성어

부딪침

어려운 부딪침
고난과 고심의 어려움
힘든 오랜 시간들

어려운 싸움
외로운 길은 험난의 어려움
인생 끝까지 가는

힘든 부딪침
한평생 첫 경험치고는 높디 높은 산
팔순 나이에

견디기 힘든 나날들
힘없는 온갖 발버둥
알아주지 않는 버팀

마음 고생하며
무언의 살인자 법원 판결
희망이 없는 인생

구할 자 없는지
제발 내치지 말고
읽어 보고 또 읽어 보고

제발 내치지 말고
다시 생각하고 고민하며
풀어와 주기를…

어려운 사람

누군가가 말하였다
집에 도둑이 들어와서
몇 가지를 잃어 버렸다
주인이 하는 말이
얼마나 어려웠으면
가져갔을까
오죽하면 가져갔겠나

날도둑이 들었다
벌떼같이 몰려들어 가져갔다
그 수가 너무 많다
얼마나 어려웠으면
오죽하면 가져갔겠나
가져간 자는 잘 살고 있겠지
오래 오래 살아주기를
잃어버린 자는 마음 편안하다

종중 운영

어느 종중의 미담
종중에서 운영하는 내용 중에
선대가 물려준 재산이
많이 있지만
임야가 약 100만 평
면적이 넓어
산봉우리가 여러 개이고
골짜기가 봉우리 수만큼
그 재산을 유지 관리하면서 이렇게 한다
자손들 중에 남자에게는
특별히 제공하는 것이
누구나 집을 지어 살아가도록
배려를 한다
생활할 집터는 본인이 지정한다니
그것도 무상으로
모범이 되는 종중
종중 구성원이 운명을
미래지향적으로 잘 하고 있는
모범된 종중이라 생각한다

돌

돌은
두루뭉수리 돌보다
모난 돌이 더 낫다

두루뭉술한 돌은
우유부단하지만
모난 돌은 돌아가면서
자기를 만든다

자기 개성을 뚜렷하게 만든다
개성 있는 돌
매력 있는 인간미가 있다

산문편 · I

인공지능(人工知能)

인공지능

민사 소송은 지금도 계속되고 있다.
소송은 하루에도 수십 건
재판하는 횟수가 많다.
장황한 기록을 읽어 볼 사이 없이
선입견으로 재판하는 것인지
두 가지 판결 내용을 분석해 본다.
법조인들이 이 내용을 보고 느끼는 점은 없는지
반문하고 싶다.
수많은 변호사님들, 판 · 검사님, 재판장, 대법관, 주심대법관
가슴에 손을 얹고 냉철하게 반성해야 되지 않을까.
양심을 팔아먹지 않았는지
재판에서 패소한 사람의 고통과 고충을 아는지
마음 속 정신적, 신체적 병을 앓고 있다.

당신들께서는 직 · 간접 살인자가 될 수 있다.

판결을 비교해 보고자 한다.

판결A형		판결B형	
구분	내 용	구분	내 용
등기 필지 및 소유자	• 토지주소 오산시 서동 산78번지 27174㎡ • 소유자(공유자 지분 2분의 1) 서울특별시 동대문구 망우동 491-47 유○○ 오산시 서동 427 유○○	등기 필지 및 소유자	• 토지주소 오산시 내삼미동 산 18의 1임야 2단 7무보 • 같은동 78의 1임야 6736㎡ 78의 7 대지 524㎡. 78의 2임야 737㎡. 78의 3임야 688㎡. 78의 4임야 1213㎡. 78의 5임야 1184㎡. 78의 6임야 988㎡ 42전 1316㎡ • 소유자 오산시 오산동 439 김○○
등기 법률	등기일자 : 1981.5.30. (제25972호) 부동산 소유권이전등기에 관한 법률 제 3094호	등기 법률	부동산 소유권이전등기에 관한 법률 제 3562호
소송 내용	명의신탁해지를 원인으로 한 소유권이전등기 절차를 이행하라	소송 내용	명의신탁해지를 원인으로 한 소유권이전등기 절차를 이행하라

판결A형		판결B형	
구분	내 용	구분	내 용
수원 지방 법원	민사 8부 사건 2005 가합 22957 소유권이전등기 원고 : 창○유씨 시필공파 종중 오산시 서동 847-20 대표자 특별대리인 유○○ 소송대리인 법무법인세명 담당변호사 이○○ 피고 : 1. 유 ○ ○ 오산시 서동 427 2. 이정○(유○○의 모) 논산시 연산면 백석리 545-17 피고들 소송대리인 변호사 장 ○ ○ • 변론종결 : 2006.11.7. • 판결선고 : 2006.12.12. • 주문 1. 피고들은 원고에게 오산 시 서동 산78 임야 27174㎡ 중 각 2분의 1 지분에 관하여 별지 기재	수원 지방 법원	민사 11부 사건 96 가합 12880 소유권 이전등기 원고 : 경○○씨 상촌공파 화성군 오산읍 내삼미리 종중 오산시 내삼미동 156 대표회장 김○○ 소송대리인 변호사 김○○ 피고 : 김○○ 오산시 오산동 439 소송대리인 변호사 조○○ 한○○ 소송부대리인 변호사 이○○ • 변론종결 : 1997.6.24. • 판결선고 : 1997.7.22. • 주문 1. 피고는 원고에게 별지목 록 기재 각 부동산에 관하 여 1996.6.21. 명의신탁 해 지를 원인으로 한 소유권 이전등기를 이행하라 2. 소송비용은 피고의 부담 으로 한다 - 피 고 패 소 -

판결A형		판결B형	
구분	내 용	구분	내 용
	각소장 부분 송달일자 명의 신탁 해지를 원인으로 한 소유권등기절차를 이행하라 2. 소송비용은 피고들이 부담 한다 - 피 고 패 소 - 재판장 판사 김○○ 판사 김○○ 판사 예○○		재판장 판사 김○○ 판사 왕○○ 판사 박○○
서울 고등 법원	제 6 민사부 사건 : 2007 나 9827 소유권 이전등기 원고 : 소송대리인 법무법인 오아시스 담당변호사 이○○ 피고 : 소송대리인 법무법인세종 담당변호사 이○○. 박○○ • 1심판결 수원지방법원 2006.12.12. 선고 2005가 합 22957판결 • 변론종결 : 2008.2.27.	서울 고등 법원	제 16 민사부 사건 : 97 나 41440 소유권 이전등기 원고 : 경○○씨 상촌공파 화성군 오산읍 내삼미리 종중 오산시 내삼미동 156 대표 회장 김○○ 소송대리인 변호사 김○○ 피고 : 김○○ 소송 대리인 담당변호사 조○○. 이○○ • 원심판결 수원지방법원 1997.7.8.선고 96가 합 12880판결 • 변론종결 : 1998.9.17. • 판결선고 : 1998.10.22.

판결A형		판결B형	
구분	내 용	구분	내 용
대법원	• 판결선고 : 2008.3.26. • 주문 1. 피고들의 항소를 기각 한다 2. 항소비용은 피고들이 부담한다 - 피 고 패 소 - 재판장 판사 강○○ 판사 신○○ 판사 윤○○ 제1부 사건 : 2008 나 27349 소유권 이전등기 원고 : 소송대리인 법무법인 오아시스 담당변호사 이○○ 피고 : 소송대리인 법무법인 지평 담당변호사 임○○. 이○○ • 원심판결	대법원	• 주문 1. 피고들의 항소를 기각 한다 2. 항소비용은 피고의 부담으로 한다 - 피 고 패 소 - 재판장 판사 이○○ 판사 이○○ 판사 안○○ 제2부 사건 : 98아 54427 소유권 이전등기 원고 : 경○김씨 상촌공파 화성군 오산읍 내삼미리 종중 오산시 내삼미동 15-6 대표회장 김○○ 소송대리인변호사 김○○ 최○○ 유○○ 피고 : 상고인 김○ 오산시 오산동 439 소송대리인변호사

판결A형		판결B형	
구분	내 용	구분	내 용
	서울고등법원 2008.3.26 선고 2007나 9827판결 • 주문 1. 상고를 모두 기각한다 2. 상고비용은 피고들이 부담한다 2008. 8. 26. 재판장 대법관 고○○ 대법관 김○○ 주 심 대법관 전○○ 대법관 차○○ - 피 고 패 소 - "원고 피고의 주장 내용은 분량이 많아 생략합니다."	 서울 고등 법원	최○○. 조○○ • 원심판결 서울고등법원 1998.10.22 선고 97나 41440판결 • 주문 1. 원심 판결을 파기한다 2. 사건을 서울고등법원에 환송한다 - 피 고 승 소 - 1999. 9. 17. 재판장 대법관 정○○ 대법관 김○○ 주 심 대법관 이○○ 대법관 조○○ "원고 피고의 주장 내용은 분량이 많아 생략합니다." 제 17 민사부 사건 : 99나 53553 소유권 이전등기 원고 : 경○김씨 상촌공파 화 성군 오산읍 내삼미리 종중 오산시 내삼미동 15-6 대표회장 김○○

판결A형		판결B형	
구분	내 용	구분	내 용
			소송대리인변호사 김○○ 이○○ 피고 : 김○ 오산시 오산동 439 소송대리인변호사 조○○ 이○○ • 원심판결 수원지방법원 1997.7.8 선고 96가 합 12880판결 • 환송판결 대법원 1999.9.17 선고 98라 54427 판결 • 변론종결 : 2000.9.21 • 주문 1. 원심 판결을 취소한다 2. 원고의 청구를 기각한다 3. 소송비용은 원고의 부담으로 한다 - 원심파기 환송 후 서울고등법원 재심판결임 - 2000. 10. 12. 재판장 판사 정○○ 판사 윤 ○ 판사 이○○

원고 주소

창○○씨 ○○공파 종중

오산시 서동 847-20번지로 기록하였으나 주소가 없는 번지이며 가상 번지입니다.

서동 847-20번지는 과거부터 현재까지 존재하지 않는 번지입니다.

분석사항

판결 A형, 판결 B형에 대하여 공통점

1. "명의 신탁하였다" 라고 소송을 제기하였고 그 내용은 "명의 신탁해지를 원인으로 한 소유권 이전등기절차를 이행하라" 는 소송이었습니다.

가. 타당성이 없는 이유

명의신탁이란 부동산 소유자가 그 등기 명의를 타인에게 신탁하기로 하는 명의신탁약정(즉계약)을 하고 수탁자에게 등기 이전을 하는 형식을 명의신탁이라고 하는데 여기에서 A, B형 모두 명의신탁 약정이나 계약서가 있어야 하는데 전혀 없습니다.

나. 부동산 실명제의 주요내용

① 95.7.1. 이후에는 모든 명의 신탁을 금지하며

② 명의신탁약정이나 그에 따른 등기는 무효로 하고

③ 명의신탁에 대하여 형사처벌을 하고 과징금을 부과하는 것입니다.

④ 부동산실명법시행(95.7.7.) 이전 즉, 95.6.30.까지 명의신탁한 부동산은 1년 유예기간(95.7.1.~96.6.30.) 내 실권하자 명의로 등기하거나 매각 처분하여야 합니다.

⑤ 만약 실권리자 명의로 등기 또는 매각 처분하지 않을 경우 기존 명의신탁은 무효가 되고 과징금이 부과됩니다.

⑥ 또한 부동산을 사놓고 3년 이상 자신의 명의로 등기를 이전하지 않을 경우에는 명의 신탁을 한 경우와 같이 형사처분과 함께 과징금이 부과됩니다. 앞으로 취득하는 부동산에 관한 물건은 반드시 권리자 이름으로 등기하여야 합니다.

2. 부동산 소유권 이전등기에 관한 특별조치법으로 A, B형 등기를 필하였습니다.

가. 타당성이 없는 이유

① 특별조치법(법률 제3094호)에는 명의신탁할 수 있다는 내용이 조항 전혀 없음

② 특별조치법 시행 당시 엄격한 법리 검토를 하고 모든 절차를 거친 후에 등기를 하였고

③ 시행관청(화성군청)에서 2개월간 공고기간을 거처 문제가 있을 시 이의신청을 받았으며 이의신청이 없어서 등기를 토지소유자에게 등기를 필하였고

④ 보증인은 부락에서 10년 이상 거주한 주민으로부터 신망을 받

은 자로 가급적 40세 이상인자 중 연장자를 우선 선정을 하였고 또한 부락에 3명의 보증인이 선정되어 위촉장을 수여하였으며 "특별조치법" 시행 시 교육 이수하였으며 엄격하게 관리하였고

⑤ 보증인이 "보증한 사람에 대하여 민, 형사상 책임을 질 것을 서명합니다."라고 보증인이 보증서에 날인하였고

⑥ 등기를 필하기 전에 "특별조치법" 처리과정을 정확하게 여러 절차 과정을 거쳐서 처리하여 등기를 필하였다.

⑦ 특별조치법 시행 당시에 명의신탁 제도의 규정이 없다는 사항으로 행정관청에서 등기]를 필하였고 그간의 세월이 27년이 지났다.

특별조치법(법률 3094호)으로 제정된 "적용범위"는 1974년 12월 31일 이전에 매매, 증여, 교환 등 법률 행위로 인하여 사실상 양도된 것에 한하여 대상토지로 "적용"하였으며 시행기간은 1978.3.1.부터 1981.2.28.까지 시행된 사항임.

사람이 입으로만 말하면서 "명의신탁"하였다라고 하고 명의신탁한 근거서류 작성된 것이 없는 사항이고 거짓말과 많은 종원들이 벌떼같이 단체 행동하고 억지를 부리면 인정해 주면서 선입견으로 판결을 부당하다.

⑧ A형 종중에는 500여 명의 종중원이 있는데 많은 사람중에 하필 "유○○(39세)에게 명의신탁하였다는 것은 거짓이며(종중원 중에는 중견급, 중진급, 기라성 같은 인재가 많은데 그중에서 선별했어야 되지 않았나 생각합니다.) 등기를 필할 수 있는 법에

보호받은 적합한 자가 등기를 필하였다는 증거입니다. 왜 유○○에게 등기를 한 것은 소유자가 유○○ 소유였다는 증거입니다. "특별조치법"을 시행한 정부의 책임이 있다라고 볼 수 있습니다.

3. A, B형 모두 토지소유자(지방세, 국세, 의료보험료)가 세금을 납부하였습니다.

가. 타당성이 없는 이유

① 명의신탁하였다면 등기필하였을 즉시부터 명의신탁자가 세금을 납부하였어야 하는데 토지소유자가 지금까지 납부한 것을 입으로만 "명의신탁"하였다고 하였으며 명의신탁한 서류 없이 소송을 제기하였고

② 종중이라는 단체로 날인하고, 단체 행동하면서 거짓을 진실인양 몰아갔다는 점

4. 종중이라고 소송을 제기하였으나 A, B형 모두 기존존치하고 있는 종중을 무시하고 새롭게 탄생한 새로 만든 종중이라는 점

가. 타당성이 없는 이유

① 현재까지도 기존의 종중과 새로 탄생한 종중 2개의 종중이 있다는 점이며 종중은 1개로 운영되어야 된다고 봅니다.

② 소송을 하기 위한 종중은 자체를 인정할 수 없다고 봅니다.

5. 법에는 시효가 있는데 등기를 필한 지 27년이 경과하였다.

가. 타당성이 없는 이유

① 등기를 필한 지 27년이 경과하였다.

② 등기 취득시효는 무권리자인 경우라도 점유자를 소유자로한 등기와 10년간 소유의사로 선의, 무과실, 평온, 공연, 점유하여 취득시효가 완성되고 이로써 점유자가 소유권을 취득할 경우 등기부 취득시효라 한다.(법 제245조②)

6. 기타사항

가. 토지등기는 6.25 사변으로 공부가 소실되어 복구등기를 못하여 1981년도에 특별조치법에 의하여 등기 필하였으나 토지 관리는 일제강점기 때에도 관리하였으며 그 후 1957년 토지소유자는 전 면적에 리키다소나무를 식재하고 가지치기, 간벌, 잡목제거 및 잡초제거를 평생 관리하였고 1988년도에 화성군청으로부터 임목벌채 허가받아 1/2 면적에 밤나무 식재하고 계속 관리하였다.

7. 변호사 선임은 A, B형 모두 지방법원, 고등법원, 대법원까지 선임하여 소송에 임하였다.

지금까지 분석 상황을 보면서

“참고서류” 인용

미니투데이 기사입력 2015.7.23. 최종수정 2015.7.23.

내용수록

(이슈칼럼) “상고법원 외에 대안이 있는가.” 제목에서(미니투데이 이담 변호사)

상고 법원 제도란 대법원이 재판하고 있는 사건의 일부를 분담하도록 하는 법원을 신설하여 대법원과 상고법원의 양쪽에서 보다 충실하게 재판할 수 있게 하자는 것이다.

상고법원 문제가 대두된 것을 현재 대법원 체제로서는 도저히 폭주하는 상고사건을 충실하게 처리할 수 없다는 현실 인식에 바탕을 두고 있고, 이에 대해 찬성론자든 반대론자든 이의가 없을 것이다.

현재 대법원에 1년간 접수되는 사건이 4만 건에 이른다고 한다. 이는 대법관 1명이 주말을 제외하고 하루 12건을 처리해야 하고, 1시간에 1건 이상을 처리해야 한다는 것이다.

…(이하생략)…

상기 사항으로 보아 상고법원 신설에 대하여는 찬성과 반대의견이 있다고 생각합니다.

현재 1심, 2심, 3심 재판제도를 2심과 3심 사이에 상고 재판부를 신설하자로 4심제도로 재판제도를 바꾸자는 내용인 것으로 인지하고 있습니다.

찬성쪽에서는 대법관 숫자로는 과중한 업무 부담을 덜도록 고등법원 위에 상고법원을 설치해서 충실하게 재판을 하자라는 의견인 것으로 생각합니다. 여기에서 지금까지는 대법관이 처리할 수 없는 업무건수 과중으로 인하여, 고등법원에서 처리한 내용을 인용하여 대법원에서 대충대충 처리하였다는 것을 스스로 인정하는 듯합니다.

원칙이 있으나 쳐다보지 않는 경향
원칙을 무시하는 사례들
인간의 마음은 갈대와 같다라고 한다

인간을 믿지 못하는 사회
인공지능으로 사회를 바꾸면
밝은 사회가 오지 않을까

법이 있으나 쳐다보지 않고
법을 무시하는 사건들
인간의 마음 흔들림에

사회는 어지러워지고
인간을 믿지 않는 사회
인공지능으로 재판을 하면
밝은 사회가 올 것이다

법은 있으나 재판하는
검, 판사의 사람에 따라
같은 사안의 재판이
판결이 뒤바뀌고
믿을 수 없는 판결

힘없고 백 없는 서민들의 피해가 많아
미래의 재판이나 과거의 판결을
"인공지능" 으로 다시 판결해야 한다

"인공지능" 이 발전하게 되면
바둑에서 이세돌 구단의 결과 보듯이
검, 판사의 역할을 대신하여
재판에 접목시킬 수 있으며
이러한 절차를 받아들여야 한다

"인공지능" 이 재판을 주도하고
재판절차를 자동화한다면
효과가 증대될 것이다
현재 인간이 재판을 하게 되면
적어도 6개월의 기간이 소요되지만

"인공지능" 이 재판을 하면 즉시 결과가 나온다

이렇다면 누구나 "인공지능" 에 재판을 받을 것을
선택할 것이다

"인공지능" 을 검판사로 대체한다면
유익한 부분이 많이 나타날 것이다

우선 법원의 법정이 사라질 것이 확연하지 않을까
또한 코로나19의 예방을 위해
• 사회적 거리두기
• 각종모임, 종교행사 등 단체활동을 줄이고, 자제하고
• 마스크 착용
• 소규모로 자차 이용
• 여행지에선 2m 건강 거리 실천
• 손씻기 등 개인 수칙 준수
이러한 사항을 준수한다면 법원별로 법정이 여러 개 중 1개 법정에
100명 수용할 수 있는 법정은 효율적이지 못하다
그리고 장기간 소요되는 재판 기간을 단축시킬 수 있다

또한 원고, 피고인의 지위나 능력, 재력 등에 따라
재판 결과가 달라지는 것도 사라질 것이 예상된다.

지연, 혈연, 학연 등 얽힌 법도 비리가 줄어들 것이며
오랜 세월동안 내려온 전례, 전관예우 선입견 등도 사라질 것이 내다보인다

그래서 "인공지능" 으로 재판을 조속히 받아들여야 한다.
과거의 재판 결과를 믿을 수 없으며
"인공지능" 으로 새 판결을 인용해 주기를 기대하며
법이 지켜지는 사회
정의가 살아 숨쉬는 사회
믿음의 사회를 희망하며, 단체 즉
종중이라는 단체를 무서워서 편중 판결 등
부정 비리가 난무하는 사회는 없어져야 한다
부패가 만연한 나라는 성장할 수 없다
B형의 판결을 옳다고 보고 "A형" 과 같은 판결로
피해 보는 "피고인" 없는 사회로 밝은 사회
서민이 피해 보지 않는 믿음 사회를 만들어야 한다
모든 분야에서 인공지능을 활용하는 영역이 많아질 것으로 내다보면서
법원, 자동차, 게임, 스마트폰, 전자제품, 공장 경영에서 생산까지 등등
활용 범위가 넓어질 것으로 전망해 본다.

결론

A형, B형 공통되는 사항이 너무 너무 똑같은 사항이라는 것을 보면서

A형은 1, 2, 3심에서 모두 패소하였고, B형은 1, 2심에서 패소하고 3심(대법원)에서 파기환송으로 2심(고등법원)에서 재판결로 승소한 사항입니다. 양심을 팔아먹는 재판에 관여한 법조인이 없는지요.

법조인들은 어떻게 생각하시는지, 특별조치 법률제정을 왜 하였는지, 특별조치법 등기 이후에 종중 이름을 걸고 소송해서 승소한 사항은 얼마나 많은지, 3심에서 1년 동안 처리한 숫자와 1일 처리한 건수는 얼마인지, 과연 처리할 수 있는 사항인지 분석하여 보아야 한다 라고 봅니다.

과거 재판결과에 대하여 "시효가 지났다" 하지 말고 인공지능으로 "재" 재판하여 주시길 바랍니다. 이것은 "거짓이 정직을 이길 수 없다"는 것을 확인하고 싶은 깊은 뜻입니다.

억지 소송이라고 생각합니다.

왜냐하면 특별조치법으로 등기 필하고 27년이란 오랜 기간이 경과한 뒤 그 지역을 LH공사에서 토지수용을 한다 라고 공고가 되었습니다. 그 후에 민사소송이 진행되었습니다.

이는 피고인 개인이 보상을 많이 받을 것으로 예상하니 배가 아프고, 쓰린 가슴을 달랠 길이 없어 민사소송이 진행되었다고 생각합니다.

LH공사에서는 5년 지난 뒤 수용할 수 없다 하여 수용 해제하였습니다.

민사소송의 원고(종중)는 모두 거짓말로써 입증할 수 없는 내용들입니다. 특히 상당한 개인에게 모욕감과 명예훼손 그리고 원고의 거짓말 소송이었습니다.

결과를 보면 종중에서 승소판결 뒤 종중으로 소유권이 되었습니다. 종중에서 계속 보존 유지 관리하여야 하나, 등기필한 후부터 타인에게 매매하고자 부동산에 물건이 나돌았습니다. 얼마 후 매매가 성사되었다는 소식을 들었습니다. 중중재산이라면 재판을 할 당시에는 장기 보존하려는 의도로 소송을 한 것으로 알고 있는데 재판 결과 나오면서 매매한 것을 눈에 보이는 돈 때문 아닌가 생각합니다.

이러한 정황으로 보아 종중 재산이라는 명분을 걸고 터무니없는 억지 소송이라고 생각합니다. 억울합니다. 억울해도 너무 많이 억울합니다. 분통이 터집니다.

내가 죽어서 저승에서 조상님을 어떻게 볼 수 있을지 두려워집니다.

제발 원하옵고 원하옵니다. 재판을 재 판결을 하여 주시기를 바랍니다. 명예회복을 하고자 합니다. 인공지능 재판을 확신하며 믿습니다.

산문편 · 2

통일(統一)

민주평화통일자문회의 오산시협의회

저희 오산시협의회는 현재 지역대표 9명, 직능대표 10명으로 총19명으로 구성되어 있으며, 이중 여성자문위원 5명이 참여하고 있습니다.

2001년도 우리 협의회에서는 평화통일교류협력보고회, 중고교 평화통일 교류협력에 대한 교육, 동별 평화통일 교류협력 홍보 순회강연회 3가지의 특화사업 및 사무처 주관 특별활동을 시행하였습니다.

정례회의는 격월제로 개최하고 있으며, 직능 위원인 제가 협의회회장으로서 회의를 주도하면서 소관 업무 설명 및 평통 활동에 대한 이해를 높이고 있습니다.

우선 2001년 5월에는 오산시 중고교 윤리교사님들을 모시고 중고교생 평화통일 교류협력에 대한 교육을 실시하기 위한 계획과 강의안을 설명했으며, 계획 수립을 토대로 2001년 6월에는 오산시 중고교 7개교를 방문하여 평화통일 교류협력 교육을 실시 학생들에게 평화통일의식을 심어줄 수 있는 기회가 되었습니다.

5월말에 상반기 평화통일 교류협력에 대한 보고회를 일반시민들을 대상으로 실시 평화통일의 의의와 목적을 알리는 데 효과를 거두었으며, 9월 14일부터 19일까지 5일간 '6.15 남북공동선언' 1주년기념 사진전시회를 오산시청 개청식을 맞이하여 시청로비에 실시함으로써 일반 시민들의 관심을 끌었습니다.

그리고 특별홍보 활동기간 동안에는 봉사단체 및 여성단체장들을 대상으로 강연회를 실시하였고, 사회단체 평화통일 홍보 교육은 오산시 4개 로타리클럽 회원과 오산시 3개 라이온스클럽회원을 대상으로 2회 실시하였으며, 동별 평화통일 홍보순회 강연회를 실시 300여 명의 오산시민들을 대상으로 통일 홍보교육을 실시하였습니다.

12월에는 이북도민회 회원 약 60여 명을 대상으로 강연회를 실시 평화통일의 목적과 의의를 설명하는 행사를 실시하였습니다.

1년 동안 평화통일 홍보활동을 하면서 평화통일 홍보 전문강사님들을 선정 각계각층에 따라 시민들의 쉽게 이해할 수 있는 강의내용으로 의식변화를 시도했으며, 언론을 대상으로 오산, 화성신문과 인천일보 또한 오산시청에서 매월 정기적으로 발간하는 오산시민 오산사랑의 책자에 '독일이 우리에게 주는 교훈' 이라는 글과 '대북 포용정책 더 가꾸고 발전시켜야' 라는 기사를 통해 통일이 지금이 시작이라는, 앞으로 우리가 노력하고 실천해야 할 부분이 많다는 인식을 주었습니다.

평화통일 교류협력에 대하여 지역주민 즉 국민에게 공감대 형성이 되도록 노력하였습니다만, 미흡한 부분이 많아 국민에게 평화통일 교류협력에 따른 내용을 소상하게 널리 알릴 수 있는 기회가 자주 가져야 한다고 봅니다.

위와 같이 우리 오산시협의회에서는 2001년 한 해 많은 활동을 통해 민주평화통일자문회의 사무처에서 주관하는 평가에서 경기도 최우수협의회로 선정되어 시상을 받았고, 사무처장 공로상에 류순선 자문위원이 선정되어 수상함으로써 오산시를 널리 알리는 데 큰 성과를 거두었습니다.

앞으로도 우리 오산시협의회는 통일이 되는 그 날까지 오산시민의 의식 변화를 도모하는 데 최선을 다해 노력할 것입니다.

대북포용정책, 더 가꾸고 발전시켜야

최근 대내외적 여건변화에 반응하는 북한의 경직된 행동을 빌미 삼아 포용정책에 대한 비판은 이제 정파적, 이해를 넘어 한반도에 새로운 긴장을 조성시킬 개연성마저 없지 않은 상황이다.

반세기의 대립과 단절된 역사를 뛰어넘고자 남북정상이 자리를 함께 함으로써 민족적 숙원인 이산가족 상봉이 실현되고 다양한 차원에서 대화와 협력이 추진되면서 남북 경제협력의 새로운 활기가 모색되어 왔다.

숱한 우여곡절이 있었음에도 많은 국민들이 민족의 장래에 대한 희망과 아울러 할 수 있다는 자신감을 가졌다.

그동안 추진해 온 포용정책은 완고한 북한이 쉽게 대화와 변화의 흐름에 동참하리라고 생각해서 시작된 것이 아니다.

누구나 쉽게 비판은 하지만, 우리는 이러한 정책을 한 번 펴보는 데 반세기의 기나긴 시간을 기다렸다. 그 세월동안 얼마나 많은 학자들과 민간인들과 단체들이 지금과 같은 정책을 한 번이라도 볼 수 있기를 고대했던가를 한 번쯤은 돌이켜 보아야 한다.

포용정책의 근원을 살펴보면 우리 사회에 뿌리 깊이 자리 잡은 극단주의의 피해를 걷어내고 더 합리적이고 민주적인 사회를 지향하기 위한 노력들과 연계되어 있음을 알 수 있다. 사실 과거 절대권력은 '북합위협'이라는 통치수단을 통해 정치, 사회적인 억압을 자행했다.

통일문제에 대한 논의 자체는 물론 합리적 대안 모색이 오히려 정권에 대한 도전으로 여겨지던 불과 얼마 전의 일이었다.

이와 같이 북한 위협을 전제로 한 대북정책과 정보 및 통일논의의 독점은 긴장완화와 통일기반 조성에 기여하지 못했다. 오히려 남북관계는 반목과 대립의 골이 깊어지면서 그에 반응하는 북한의 행동 또한 극단적이 되어가는 악순환을 반복했던 것이다.

이런 점을 염두에 둔다면 포용정책은 단순한 대북정책이라는 자원을 넘어 남에서도 북에서도 새로운 진로를 모색케 하려는 의지의 진일보라고 평가할 수 있다. 우리가 북한만을 상대하면서 살아가는 나라라면 강경론도 수긍의 여지가 있다. 우리의 발전은 북한과의 상호발전 속에서 이루어지는 것이 아니라 국제사회와의 협력으로 이루어낸 것이다.

그러나 대북억제로 이루어진 평화가 너무도 불안한 것이어서 항구적 평화를 모색하는 과정에 탄생한 것이 포용정책이다. 특히 외환위기 이후 최대의 경제난에 직면해 있는 우리 사회의 진로는 명확하다.

세계경제의 통합을 전제로 개방과 개혁을 이끌어 낼 수 없다면 우리 사회는 스스로 발목을 잡고 있는 것과 다름이 없다.

따라서 대북포용정책은 단순히 이산가족을 만나고 몇몇 기업의 경제적 이해관계에 국한된 것이 아니라 국가적 장래와 진로, 나아가 한반도 평화 유지를 통한 민족적 비전을 담보하고 있음을 우리는 자각해야 한다.

이제 포용정책은 돌이킬 수 없는 시대의 대세가 되어 버렸다. 역사의 발전을 거꾸로 돌리는 냉전의 시대로 다시 돌아갈 수는 없기 때문이다.

포용정책은 현 정부의 전유물이 절대 아니다. 따라서 차기 정부에서도 더 가꾸고 발전시켜야 할 의무가 있다. 다시 냉전으로 돌아갈 것인가, 아니면 포용정책을 더욱 발전시켜 민족통일로 나아갈 것인가, 답은 너무나 분명하고 우리 국민들은 누구나 다 그 답을 알고 있다.

포용정책의 발전만이 우리 민족이 전진할 수 있는 유일한 길이라는 것을…….

국민 대통합과 통일기반 조성을 위한 제10기 자문위원의 역할

오늘 국민 대통합과 통일기반 조성을 위한 제10기 자문위원의 역할에 대하여 발표할 수 있는 기회를 주신 데 대하여 감사의 말씀을 드리겠습니다.

국민 대통합과 통일기반 조성을 위한 제10기 자문위원의 역할에 대하여 그 동안 역대 대통령님들께서 평화통일의 의지를 드높여 왔습니다.

자문위원 여러분! 우리가 지향하는 통일은 무력이 아닌 평화통일이라는 데에는 반론이 없을 것입니다.

따라서 평화적 통일은 남녀노소가 따로 없고 여야가 따로 없는 온 겨레의 공통된 소원입니다.

통일은 어느 정당의 정략적 이익을 위한 것이 아니며, 어느 특정 개인과 기업의 욕망과 이익을 위한 것도 아니며, 우리 민족 모두의 이익을 위한 것이기 때문입니다.

평화통일에 대한 기본적 틀은 정파를 초월하여 공감대를 형성하여 왔다고 봅니다.

다만 정당간에 방법론에 있어서 저변에 깔려져 있는 쟁점을 분석하다 보면 어느 선까지는 공통적으로 이해하고 있고, 어느 선부터는 양분되는 것이 있습니다. 이러한 문제로 인하여 국민적 통일역량을 한 데 이끌어 내는 데에는 미흡했다고 생각합니다.

2002 월드컵 축구경기 기간 동안 국민통합에 있어서 축구경기가 갖고 있는 위력을 실감할 수 있었습니다.

우리 축구 대표팀이 놀랍게 달라진 데에는 무엇보다도 히딩크 감독의 소신 있는 선수단 경영철학과 기초체력을 보강하는 훈련이 있었기 때문이며, 그의 리더십에 대해 축구관계자들과 선수들이 신뢰하고 따랐기 때문입니다.

우리 선수들에게 아직 기량은 미흡하지만 예전과 비교하면 체력적인 면에서 월등하게 좋아졌다는 평가를 듣고 있습니다.

소신과 기초체력을 중시하는 히딩크 감독의 리더십은 스포츠의 세계뿐만 아니라 우리의 정치, 경제, 사회 각 분야에도 시사하는 바가 크며 통일을 준비하는 우리 모두에게도 되새겨야 할 귀중한 교훈이 되고 있습니다.

자문위원들께서도 홍보활동을 많이 하고 있으시겠지만 국민 개개인마다의 마음 구석구석까지 변화시키기에는 역부족이라고 생각을 합니다.

과거에 박정희 대통령 임기동안에는 '통일안보교육' 이라 하여 학교별로 지도교사가 지정되었고, 시간표에 의하여 교육을 하고 자체평가까지 했었습니다.

각종기관, 사회단체별로 교육기관이 있습니다.

기존교육기관 연수원을 활용하여 교육 및 연수기관에서 의무적으로 시간을 배정하여 그 속에서 평화통일에 대한 교육을 체계적으로 실시해 주셨으면 하는 바람과 교육내용에 있어서 과거에는 적대적 대결시대로부터 지속되어 온 냉전적 교육은 민족의 화해와 평화를 가르치기보다는 북한에 대한 배척과 대결의식을 함양하는 데 주안점을 두었습니다.

그러나 이제 남북화해협력시대를 맞아 우리의 통일교육은 내용과 방식에서 근본부터 바뀌어야 한다고 봅니다.

교육의 내용은 우선 북한의 현실에 대한 정확한 이해를 바탕으로 제대로 된 '북한 바로 알기' 를 담아야 한다 라고 생각하며, 탈북자 체험담 등의 이야기를 통하여 북한을 이해하면서 친형제, 자매같이 이해가 되었을 때 국민 모두에게 공감대가 형성되며 국민 대통합 또한 이루어질 것이라고 생각합니다.

자문위원님들의 역할에 관하여는 자문위원님들께서 자치단체별로 사업계획을 내실 있게 수립하여 많은 활동을 하도록 하여야겠습니다.

오산시에서 중점적으로 추진한 내용을 소개하면 언론인과의 간담회, 동장과의 간담회, 중·고교윤리교사와의 간담회, 동별 통일홍보 순회강연회, 사회단체별 통일홍보 강연회, 평화통일기원산악회 등 다양한 프로그램의 계획을 수립하여 추진하였습니다.

여기에서 많은 인원을 대상으로 홍보활동을 실시하는 것도 중요하지만 적은 인원(30~40명)을 대상으로 통일전문강사를 모시고 홍보하는 것이 효과적인 면에서 더 좋았다고 생각합니다.

홍보활동시 자문위원님들이 직접 참석해 주심을 물론 분위기 조성에도 노력해 주셨습니다.

이렇게 자문위원들이 효율적인 홍보활동을 위하여 우리에게 주어진 "조국의 민주적 평화통일을 위한 정책수립 및 추진에 관하여 대통령에게 건의하고 그 자문에 응한다"로 되어 있고, '국내외 통일여론수렴'과 홍보에 관한 국민적 합의도출, 범민족적 통일의지와 역량의 결집을 수행하도록 규정하고 있습니다.

자문위원은 남북관계가 여러 방향으로 변화하여 가는 많은 사안들에 대해서 시기적절하게 국민의 여론을 수렴하여 올바른 대응방안을 대통령에게 건의하고 자문해야 하기 때문에 막중한 중책을 수행하는 데 소홀함이 없어야겠습니다.

이렇게 자문위원이 역할에 최선을 다했을 때 자문위원의 위상은 더욱 제고되고 위상은 더욱더 높아질 것입니다.

민주평화통일자문회의는 '국민의 중심'으로서 또 '민족의 구심체'로서 분명한 자리 매김이 되었을 때 헌법과 법률에 의해 부여된 고유의 임무를 성공적으로 완수할 수 있을 것으로 기대됩니다.

끝으로 대행기관인 자치단체가 이러한 모든 일에 민주평통시 · 군협의회 사업이란 관념이 아니고 시 · 군청 행사로 인식하여 전 공무원이 관심을 가지고 협조와 지원을 아끼지 않을 때 평화통일사업이 지속적으로 추진될 것으로 생각되며 지역협의회 별로 각종 활동이 활발히 이루어질 때 통일도 그 시기를 앞당길 수 있으리라 기대해 봅니다.

북한 어린이에게 관심과 사랑을

평화통일자문회의 오산시협의회에서 평화통일의 많은 일을 접하여 활동을 하면서 느끼는 것은 북한 동포들에 대한 민족의 핏줄을 나눠 가진 동포애와 고귀한 생명에 대한 존엄성이라는 인류의 보편적인 감정들이 앞서야 할 것입니다.

민간차원에서 인도적 지원의 활동이 활발하게 북한을 도와주고 있는 단체들이 점차 늘어가고 있고 관심을 갖고 사랑을 베풀어야 한다는 의견들이 팽배해 가고 있습니다.

그동안 많은 활동을 하는 단체들을 나열해 보면, 한민족복지재단, 한국JTS, 한국이웃사랑회, 남북어린이어깨동무, 평화의숲, 조국평화통일불교협회, 천주교한마음한몸운동본부, 원불교우리민족서로돕기운동, 어린이의약품지원본부 등에서 밀가루, 설탕, 제빵 원료, 의약품 등 약 160여 개 품목에 223억 592만원을 지원하였다. 북한을 돕자면 해야 할 일들이 한두 가지가 아니겠지만 그 중에서도 북한의 어린이들의 의료지원이 최우선 과제라 생각하면서 우리나라의 돈 5천원이면 북한어린이 10명에게 1달분의 비타민을, 1만원이면 호흡기질환 어린이에게 100일분의 항생제를 제공할 수 있다고 합니다.

민주평화통일자문회의 오산시협의회에서 자문위원님들의 뜻에 따라 一金 300,000원을 지원하게 되었습니다. 북한어린이에게 영양공급정책, 의료성책으로 고통을 덜어 주도록 관심과 사랑을 베풀어야 할 시기라고 생각하며 이러한 노력의 결과로 남북간의 신뢰의 바탕이 되고 서로 믿을 수 있는 기회가 되고 북한 어린이에게 사랑을 심어주어서 화해협력이 진정으로 이루어질 때 우리 민족 모두의 염원인 통일을 앞당길 수 있도록 해야겠습니다.

2001년도 활동사례 발표

우선 오늘 민주평화통일자문회의 경기지역협의회 활동평가회에서 저희 오산지역협의회가 사례발표를 할 수 있게 된 것을 영광으로 생각하며 자문위원님들의 건승을 기원 드립니다.

저희 오산시협의회는 현재 지역대표 9명, 직능대표 10명으로 총19명으로 구성되어 있으며, 이중 여성자문위원 5명이 참여하고 계십니다.

협의회 자문역에는 직전회장과 시의회 의장께서 수고해 주시고 계시며, 부회장 직능대표 1명과 간사 지역대표 1명으로 구성되어 있습니다.

저희 오산시는 북에서 남쪽으로 길게 소분지와 평야지대가 어우러진 도시, 농촌, 공업지대가 균형 있게 조화를 이루고 있으며, 경기도 남부권에 위치하여 東으로 용인, 北西로는 화성, 南으로는 평택이 접하고 있으며, 서울과 56.9km, 수원과는 15.4km 지점의 수도권 남부관문에 위치한 교통의 요충지로서 21세기 서해안시대의 배후 도시로서의 교역 및 물류

센터의 기능, 정보중심지로서의 역할이 기대되는 발전 잠재력이 풍부한 희망의 전원도시입니다.

특히 오산시 문화재인 독산성세마대지(사적 제140호)는 백제가 축성한 고성으로 연장 1,100m이며 백제시대와 통일신라, 고려를 거쳐 임진왜란 때까지 이용된 성입니다. 임진왜란을 맞은 1592년, 권율 장군이 근왕병 1만여 명을 이끌고 북상하는 도중 이 성에 주둔하여 수만의 왜병을 무찌르고 성을 지켰던 곳으로 유명합니다.

왜병들이 물이 부족한 이곳의 조건을 알고 왜병이 물을 한 지게 올려 보내 조롱하자, 권율 장군이 백마를 산상에 세우고 말에 쌀을 끼얹어 말을 물로 씻는 시늉을 해 보이자 왜군은 성내에 물이 풍부한 것으로 속아 퇴각하였다는 세마대의 전설이 전해 오기도 합니다. 지금은 수도권과 인접한 지역으로 발전을 도약하는 중입니다.

그럼 이제부터 저희 오산시협의회의 각종 사업 추진 현황에 대하여 사례 위주로 말씀드리겠습니다.

항상 화합과 융화로 뭉친 지역 · 직능대표자문위원이 한 점 흐트러짐 없이 혼연일체가 되어 2001년도 저희 협의회에서는 평화통일 교류협력 보고회를 가졌으며, 중 · 고교 평화통일 교류협력에 대한 교육 또한 동별 평화통일 교류협력 홍보 순회강연회 3가지의 특화사업 및 사무처 주관 특별활동을 시행하였습니다.

정례회의는 격월제로 개최하고 있으며, 직능위원인 제가 협의회회장으로서 회의를 주도하면서 소관 업무 설명 및 평통활동에 대한 이해를 높이고 있습니다.

우선 2001년 5월에는 오산시 중 · 고교 윤리교사님들을 모시고 중 · 고교생 평화통일 교류협력에 대한 교육을 실시하기 위한 계획과 강의안을 설명했으며, 계획 수립을 토대로 2001년 6월에는 오산시 중 · 고교 7개교를 방문하여 평화통일 교류협력 교육을 실시 학생들에게 평화통일 의식을 심어줄 수 있는 기회가 되었습니다.

5월말에 상반기 평화통일 교류협력에 대한 보고회를 일반시민들을 대상으로 실시 평화통일의 의의와 목적을 알리는 데 효과를 거두었으며, 9월 14일부터 19일까지 5일간 '6.15 남북공동선언' 1주년기념 사진전시회를 오산시청 개청식을 맞이하여 시청로비에 실시함으로써 일반 시민들의 관심을 끌었습니다.

그리고 특별홍보 활동기간 동안에는 봉사단체 및 여성단체장들을 대상으로 강연회를 실시하였고, 사회단체 평화통일 홍보 교육은 오산시 4개 로타리클럽 회원과 오산시 3개 라이온스클럽회원을 대상으로 2회 실시하였으며, 동별 평화통일 홍보 순회강연회를 실시, 300여 명의 오산 시민들을 대상으로 통일 홍보 교육을 실시하였습니다.

실시하는 동안 설문지를 통해 시민들의 현시점에서의 통일에 대한 견해를 조사할 수 있는 계기가 되었으며, 올해가 저물어 가는 마지막 12월에는 이북도민회 회원 및 기관단체장 약 60여 명을 대상으로 강연회를 실시 평화통일의 목적과 의의를 설명하는 행사를 실시할 계획입니다.

1년 동안 평화통일 홍보활동을 하면서 평화통일 홍보 전문강사님들을 선정 각계각층에 따라 시민들의 쉽게 이해할 수 있는 강의내용으로 의식변화를 시도했으며, 행사시 그동안 사무처, 통일부에서 보내주신 자료를 배부 및 시청로비에 비치하여 시청을 드나드는 일반 시민들 모두가 볼 수 있도록 하였습니다.

그리고 언론을 대상으로 오산, 화성신문과 인천일보 또한 오산시청에서 매월 정기적으로 발간하는 오산시민 오산사랑의 책자에 '독일이 우리에게 주는 교훈' 이라는 글을 통해 통일이 지금이 시작이라는, 앞으로 우리가 노력하고 실천해야 할 부분이 많다는 인식을 주었습니다.

평화통일 교류협력에 대하여 지역주민 즉 국민에게 공감대 형성이 되도록 노력하였습니다만, 미흡한 부분이 많아 국민에게 평화통일 교류협력에 따른 내용을 소상하게 널리 알릴 수 있는 기회를 자주 가져야 한다고 봅니다.

그러기 위하여 오산시협의회에서는

1. 평화통일기원 산악회를 운영 등반하면서 건강관리와 겸하여 홍보활동을 할 계획이고,

2. 50여 개의 독자적인 사회단체의 모임별로 평화통일 교류협력에 대한 홍보활동과

3. 더 나아가 친목회나 동창회의 모임을 이용하여 홍보활동을 전개하고자 합니다.

끝으로 우리의 대행기관인 시 당국이 이러한 모든 행사를 평통 사업이란 관념이 아니고 시청행사로 인식하고 참모이하 전직원이 관심을 가지고 적극 협조하고 지원을 아끼지 않는 사실에 대해 이 자리를 빌어 대행기관장 시장님에게 감사의 말씀을 드립니다.

이처럼 저희 협의회는 민족의 최대 당면 과제인 통일 달성을 위하여

최선의 노력을 경주하는 한편 자문위원의 역량 함양을 위해서도 각종 사업을 수행하여 왔으며, 지역협의회 단위의 각종 활동이 활발히 펼쳐질 때 통일도 그 시기를 앞당길 수 있으리라 기대해 봅니다.

이상 간략하게 사례발표를 마치면서 여러분 모두의 건강과 가정에 행운이 깃드시길 기원 드리겠습니다.

끝까지 경청해 주셔서 감사합니다.

산문편 · 3

봉사(奉仕)

장학사업 지원

제2고급중학교는 독립운동을 하시던 우리 선조들께서 중국 길림성 안도현에 정착하였고, 그 지역에 후손들이 한글을 배울 수 있는 학교를 설립하였다.

그 2대, 3대에 이르는 자손들이 이 학교에서 학업을 정진하고 있다.

독립운동을 하셨던 고귀하신 분들이 오직 나라 걱정하고 독립운동을 하셨기에 자손들의 생활은 윤택하지 못하였다.

그 또한 2세, 3세 후손들도 선조들과 별다름 없는 생활로 어렵게 살아가고 있다.

이 학교에 컴퓨터 3대와 로타리 회원들이 구입한 도서 600여 권을 기증하였다.

그리고 그 학교 학생 1명에게 한화 100,000원의 장학금을 로타리안 일명이 학생을 지정하여 자발적으로 개인의 사유재산으로 장학금을 지원하였다.

25명의 로타리 회원이 학생 25명에게 지정장학금을 3년간 25구좌에 년 2,500,000원을 지원하여 주었다.

3년간 지정학생에게 장학금 지원한 결과 인사편지와 그리고 졸업 후에 25명이 상급학교에 전원 진학하여 대학을 다니고 있어 그 학생들의 앞날은 밝기만 하다고 한다.

제2고급중학교 교장선생님의 말씀이 "학생에게 장학금이 없었다면 농촌에서 농사일이나 하고 빛을 볼 수 없을 터인데 장학금의 위력이 이렇게 크게 기여할 줄 몰랐다"라고 말씀을 되풀이하시면서 눈시울을 붉혀가며 글썽글썽하시던 모습이 눈에 선하게 보인다.

이 학생들이 진학한 학교는 북경에 있는 대학과 중국에서 내로라하는 대학들로서 그 학생들이 다양하게 법학, 의학, 임학, 전자, 전기, 공상, 금속 등 여러 분야에서 활동할 수 있는 터전이 마련되었다고 한다.

지정 기탁한 로타리 한 분 한 분 모두는 자부심과 긍지를 가지고 있으며 마음이 뿌듯하다.

이러한 사항은 한민족의 혼이 담긴 조선족 학생들의 내일의 꿈을 위함이요, 조선족이 중국내에서 훌륭한 인재들을 양성하는 데 크나큰 힘이 될 것이기 때문이다.

또한 열심히 생활하는 조선족 동포들의 생활상과 학생들의 향학열을 보면서 우리가 무엇을 어떻게 해야 되겠다는 방향을 심어준 것이다.

우리가 1회 3년간 장학금을 지원한 것으로 끝날 것이 아니라 뜻이 있는 로타리 회원 몇몇이 의견을 한데 모아 2006년도 5월에 장학금을 지원하기로 합의하여 15명의 회원이 제2고급중학교 학생 15명에게 3년간 지정하여 장학금을 지급하고 있다.

1년에 한 학생에게 장학금 한화 100,000원과 학용품 50,000원 총 150,000원을 결연 맺은 학생들에게 전달하였다.

일부 수원의 전 회장으로 구성된 로타리 회원께서는 제2고급 중학교 학생의 부모에게 큰 소 10두를 기증하였으며, 소 기증에 대한 약정을 하여 송아지를 낳게 되면 다른 학생의 부모에게 기증하는 방식으로 체결하였다.

로타리 회원의 장학금 결연자와 또는 소 기증자 명단은 다음과 같다.

● 국제로타리 장학금 수혜 학생단과 자매결연자 명단 ●

학생 성명	자매결연자 성명	소속 클럽
오기영	김정순	오산정란 RC
장국화	류종덕	조암 RC
최준일	김종연	오산 RC
정향란	유태서	오산 RC
리광원	한상환	남수원 RC 전총재
김혜선	안철호	병점 RC
진리상	채광희	송산 RC
전달룡	홍순희	발안 RC

김 훈	임광형	오산 RC
문 룡	김경순	오산백합 RC
전호진	한윤만	오산 RC
량설화	최병훈	오산정란 RC
장은화	이병희	오산 RC
왕수려	김성겸	병점 RC
리싱호	천기택	오산 RC

로타리 회원으로서 늘 초아의 봉사를 실천하고 또 몸소 실천하는 모습들이 아름답기만 하다.

그 동안 참여하여 주신 로타리안 여러분께 진심으로 감사드린다.

항상 건강하십시오. 감사합니다.

중국 방문기행

극심한 가뭄이 50년 만에 처음 오는 것이라 그런지 논바닥이 갈라지고 밭작물이 말라 타들어가고 있는데 외국(중국)을 방문하는 것이 농민들에게 부끄럽고 안타까운 심정으로 새벽길에 올랐다. 국제공항이 인천공항으로 이전된 뒤 처음으로 출국하기 위하여 공항버스에 몸을 실었다.

로타리클럽 회장단 일행 33명이 2001년 6월 3일부터 6월 8일(5박6일)까지 중국 길림성 안도현 명월진 방문길에 올랐다.

인천공항에 도착하여 출국절차를 밟아 12시 20분에 CJ 668편으로 이륙하여 중국 장춘에 도착하여 장춘에서 연길로 가는 비행기를 타기 위하여 장춘공항에서 기다리는데 출발시간이 지연되어 늦게 연길에 도착되어 당일 일정의 계획을 다음날로 미루었다.

중국 길림성 안도현을 방문하게 되는 과정에 대하여는 적십자 수원시 지사와 중국의 길림성 안도현의 홍십자(우리나라의 적십자와 동일한 단체임)와 자매결연으로 격년(隔年)제로 교환방문을 1993년부터 지금까지 왕래가 있었고, 한상완 적십자사 수원지사장을 역임할 때 자매결연을 맺고 왕래하면서 많은 지원을 하여 중국의 안도현에서는 너무 고마워하고 있었다.

한상완 총재님과 클럽의 회장님이 방문하면서 안도현의 제2고급중학교(조선족이 설립하여 독립운동의 선구자들이 모여 세운 사립학교로서 우리나라 글을 가르치는 학교)에 국제로타리 3,750지구에서 준비한 컴퓨터 3대와 클럽회장 회원이 각자 도서 20권씩 준비하여 가져간 도서 약 600여 권을 기증하기 위하여 자리를 준비하였다.

우리나라의 적십자 회원은 직업이 자영업을 하는 자로 구성하여 회장을 선정하여 운영하는데 중국에는 紅十字 會長 會員은 중국의 국가 공무원으로 구성하여 운영하고 있었다.

우리 일행이 5박6일간 중국에서 머무는 동안 조선족으로 중국의 국가 공무원이 매일 교대로 순번을 정하여 안내하고 저녁식사까지 융성한 음식을 제공하여 주었으며 매일 메뉴가 다르게 향응의 대접을 받았다.

음식이 밥상에 올라오는 가지 수는 16가지 종류의 주안상이 차려지고 중국의 최고의 토종음식 맛을 보는 기회가 주어졌는데 미식가들도 음식 맛을 보고는 감탄을 하면서 이러한 맛은 처음 먹어본다고 하였다. 최고의 영접은 물론 푸짐한 진수성찬이 계속되었다.

제2일 차에는 당초 계획된 일정을 변경하여 백두산(장백산이라고 함)에 올랐다. 백두산은 해발 2744m로 산 정상에 거대한 화산인 천지가 있으며 천지의 3/5은 북한, 2/5는 중국 소유라고 한다.

천지에 대하여는 해발 2,155m, 남북 4.5km, 동서 3.5km 주위길이 13km, 최대수심 373m, 서남쪽으로는 압록강 동남쪽으로 두만강, 북쪽으로는 송화강의 목단강, 흑룡강이 근원이라 한다.

6월초에는 눈 때문에 천지에 올라가지 못하는 경우가 종종 있다고 하고, 바람이 많이 불고 기후 변화가 심하므로 두꺼운 옷이나 자켓을 준비하라고 하여 각자 나름대로 만반의 준비를 하였다.

백두산

6월 4일 백두산에 오르면서 부담감을 안고 기대감과 함께 오르면서 바람이 많이 불면 어떻게 하나, 눈비가 오면 어떻게 하나, 구름이 많이 끼어 시야를 가리면 어떻게 하나 걱정을 하면서 오르는 순간 차량이 거의 정상에 오르는 순간 천지에 오르면서 구름 한 점 없고 바람도 불어오지 않고 조용한 아침이라고 할까? 폭풍전야에는 조용하다고 하는데 의외로 구름과 바람이 없이 이렇게 맑고 깨끗하고 잔잔했던 날씨 좋은 날에 한눈에 내려다보고 감탄을 연발하는 것이었다.

이렇게 좋을 수가 있을까? 그러는 가운데 일행 중에 어느 사람은 백두산에 네 번째 와서 처음 이런 구경을 한다고 말하면서 너무너무 좋은 것을 보는구나 하였다. 중국의 안도현 공무원이 안내하니까 이렇게 좋은 광경을 구경하게 되어 고맙습니다 라고 말을 건네었더니 안내하는 공무원이 하는 말씀이 우리 일행을 가리키면서 좋은 일을 많이 하시고 국제적으로 봉사를 많이 하시는 분들이 오셨기 때문에 날씨도 좋다 라고 하면서 백두산은 靈山(영산, 신령한 산)이라면서 백두산이 이렇게 여러분을 축하해 주고 좋은 경치를 보라고 하시는 것이라며 응답을 하였다.

그래서 그렇게 생각이 드는지 모르겠지만 자부심도 생기고 너무나 좋은 것을 보게 되었고 육십 평생에 단 한 번 백두산에 오르면서 좋은 계기가 되어 너무 마음 속으로 흐뭇함을 느꼈다. 장백폭포로 향하였다.

장백폭포는 높이 68m의 폭포로서 천지에서 흘러 내려오는 물이 1㎞정도 내려오다가 수직으로 낙하하는 폭포이다.

안개비 같은 물보라가 지친 몸에 활력을 주어 기분이 좋았다.

또한 폭포 오르는 중턱에서는 온천수가 노천으로 흘러가는 것을 보고 거기에 달걀을 넣어 놓아 반숙된 것을 먹어보는 맛을 즐기는 것도 자연과 함께 어울리는 한 장면이었다.

흑룡강성 경박호

목단강시 남단에 위치하고 있는 화산이 다섯 차례나 폭발하였고, 용암이 흘러 생긴 최대의 호수 호수면적 90㎡ 경치가 아름다워 각종 휴양시설 및 요양원 호텔 산장이 호수 주변에 집중적으로 조화를 이루고 있었다. 이렇게 경치가 좋은 鏡泊湖를 山上平湖 水上山 北國風光 勝江南이라고 기록하고 있다.

발해유적지

위치 흑룡강성 우안시 발해진, 상경용천부(上京龍泉府)는 고구려의 유장(遺將) 대조영(大祚榮)이 고구려의 유민들과 말갈족을 통솔하여 당나라 이해고의 군대를 쳐부수었다. 대조영은 다시 동모산(길림성 敦花부근)에 성을 쌓고 국호를 진국(震國)이라 하고 스스로 왕이 되었다.

그 후 당나라와 화친을 도모하며 국호를 변경하여 발해라 하였다.

이가 발해의 시조고왕(始祖高王)이라 기원 3032년 지금 현재 발해유적지 박물관이 있어 각종 자료를 수집 보관하고 있고 뒤편에 궁궐터가 높이 2~3m의 축대위에 주춧돌이 그 당시 그대로 보존되어 있으나 잡초가 무성하게 자라고 있고 궁궐터 주변은 물론 토성 안에도 밭 농작물을 심어 경작하고 있었다. 그대로 보존하기 위하여 노력을 하는 듯 보였으나 너무 보존하는 데 빈약함이 있다고 본다.

궁궐터 앞에 그때 당시의 우물을 관리하고 자물쇠로 잠금 장치하여 관리인에게 부탁하여 물을 먹어보았다.

도문

북한과 두만강을 사이에 둔 국경도시로서 망루에 올라보면 북한의 산과 마을이 보인다. 국격의 다리 건너편으로 북한병사들이 한가롭게 거닐고 있고 다음 이야기는 전달된 이야기로서 기록하여 보면 북한이 한해가 극심하여 3년간 농사일이 수확을 거두지 못하였기 때문에 북한주민 여러 명이 굶어 죽어가고 있다는 말을 전달되어 들었으며, 도문에 관광객으로 가서 관광을 하는데 12세~15세 2명이 남루한 옷차림과 얼굴에는 버짐이 먹은 얼굴을 한 2명의 청소년이 우리 앞에서 천원을 달라고 손을 내밀고 사정을 한다.

그들에게 천원을 주면서 이것으로 무엇을 하며 어디서 거주하느냐 등을 질문하였더니 북한에서 두만강을 헤엄쳐서 중국으로 넘어왔는데 가족들이 굶주리고 있고 우리는 천원을 중국 돈으로 교환하여 점심을 먹어야 하고 음식 30원짜리 3끼를 먹을 수 있다고 말하는 것을 듣고 사상과 이념이 다르지만 같은 우리나라 말을 하고 굶주림에 허덕이는 청소년을 보면서 민족은 하나다라는 생각이 들었으며 도와줄 수 있는 길이 있었으면 하고 안타까워 하였다.

용정

용정우물은 현재 사용하지 않고 있으며 우물터와 주위에 공원을 조성하였다. 민족시인 윤동주의 묘가 공원묘지에 있고 모교인 용정중학교를 방문하였다. 여러 면에서 과거의 역사에서 지금까지 과정의 설명을 들으면서 독립운동을 하신 선조님들께 머리 숙여 명복을 빌었다.

제2고급중학교

국제로타리 3750지구 한상완 총재님께서 기금으로 컴퓨터 3대와 로타리회원들이 각자 소지한 책을 학교에 모아놓은 것이 약 600여 권을 기증하였다. 또한 현지에서 우리나라 선조 독립운동을 하면서 조선족 사립학교를 설립하여 조선족 후손들이 이 학교에 다니는데 우리나라 글과 말을 가르치는 데 머리는 명석하여 공부를 잘 하지만 생활고가 너무 빈곤하여 상급학교에 진학을 하지 못하는 어려움 가난함을 이야기할 때 1년 한 학생이 드는 학비는 한국 돈으로 100,000원이라 하여 현지에서 적극 호응하여 모은 돈 23명이 2,300,000원을 함께 기증하고 학생들과 기증자가 결연을 맺어 서신왕래까지 하기로 하였다.

국제 봉사단체인 로타리클럽의 구성원이 되어 반응이 좋았고 제2고급 중학교 어려운 학생에게 계속 매년 장학금을 지급하는 것으로 약정하면서 향후 가칭 안도현장학회를 구성하기로 하였다. 너무나 흐뭇한 일이 아닐 수 없었다. 안도현에는 조선 고급학교 1, 조선 초급중학교 1, 조선 소학교 1, 조선 유치원 1이 있다고 한다.(정확한 통계숫자는 아님)

간판문화

모든 간판은 한글(韓字)로 표기를 병기하도록 한 것이 중국 정부에서 자치주에 특별히 배려하여 기록하고 있다고 한다.

농사

과거에는 집단농장을 경영하였으나 몇 년 전부터 개인이 농사를 짓게 하여 개인에게 지상 물에서 나오는 수확은 개인 재산으로 인정이 되어 평당 수확량도 많고 농사기술도 날로 증산에 많은 향상이 되고 있다고 했다.

중국의 소수민족이 많이 있지만 중국의 민족인 한족이 전체인구의 95%를 차지하고 있고 소수민족이 여러 종족이 있지만 5%에 불과하다는 말을 들었으며 티벳족, 몽골족, 조선족 등이라고 한다.

중국의 행정체계를 우리나라와 비교하여 보면, 省(성)=道(도), 市縣(현)=市郡(시군), 鎭(진)=邑面(읍면), 村(촌)=里(리), 둔=部落(부락 ·

| 감사의 글 |

국제로타리 3750지구 한상완 총재님이 1년간 지구를 이끌어 가시면서 로타리안 얼마나 많이 힘들고 괴로우셨습니까?

한상완 총재님의 성품이 매사에 일을 추진하는 데 있어서 가슴으로 대화하고 인정으로 베풀어 주셨습니다.

1년 회기를 마무리하면서 국제 봉사를 하기 위하여 중국에 방문시에 3750지구내의 회장님들을 모시고 길림성 안도현을 방문의 의미와 뜻이 남다르다고 생각합니다.

감회가 깊었습니다. 봉사의 의미를 터득하게 한 기회였습니다.

상기에 열거 못한 부분이 많이 있습니다만 부족하지만 참 봉사를 하게 되었다라고 생각합니다. 국제로타리 3750지구 전회원 여러분의 건승과 가정에 행복이 가득하시길 빌겠습니다.

총재보좌역 또는 부총재로서 최선의 노력을 하느라고 힘써 왔지만 미흡한 점이 많이 있었다고 봅니다. 미진한 것을 더욱 보완하여야겠고 잘된 점은 더욱 계승 발전시켜 나가도록 하고 잘못된 점 등은 넓으신 아량으로 이해하여 주시기 바라겠습니다.

다시 말씀드리면 한상완 총재님께서 지난 1년 동안 고생 많이 하셨습니다. 또한 로타리회원들이 모르고 지나쳐 버린 참뜻을 가르쳐 주셨습니다.

한상완 총재님의 가정에 건강과 행복이 충만하시기를 축원 드리겠습니다. 감사합니다.

촌락)으로 대비시킬 수 있다.

명칭	중국	安圖縣	敦化(돈화)
면적	959만(천m^3)	7500m^3	14000m^3
인구	13억	22万	50万
조선족		5万	2万

백두산에서 발원지

목단강, 흑룡강 송화강으로 이어져 나감

안내 및 접대하신 분을 소개하면 다음과 같다.

中國 吉林省 安圖縣人民政府 副縣長 金長吉님

(중국 길림성 안도현인민정부 부현장김장길)

中國 吉林省 安圖縣人民代表 大會常務委員會 李錫載님

(중국 길림성 안도현 인민대표 대회상무위원회 이석재)

中國 吉林省 安圖縣旅遊局 局長 金鍵님

(중국 길림성 안도현여유국 국장 김건)

中國 吉林省 安圖縣教育局 局長 田子斌님

(중국 길림성 안도현교육국 국장 전자빈)

中國 吉林省 安圖縣財政局 局長 全權哲님

(중국 길림성 안도현여유국 국장 전권철)

中國 吉林省 安圖縣紅十字會 副會長 朴東俊님

(중국 길림성 안도현홍십자회 부회장 박동준)

산문편 · 4

국가책임(國家責任)

국가책임

모든 것이 국가책임입니다.

무지한 국민은 국가가 하라는 대로 하고, 국가 시책을 시키는 대로 하였으며, 6.25사변이 있었던 것도 국가책임이기 때문입니다.

경기도 오산시 서동 산 78번지 면적은 27174㎡(8220평)에 대하여

▶ 1905년부터 1917년경에 소유권 임야조사부, 임야대장에 단독 개인 이름으로 사정 받았으며, 계속 산을 관리하고 세금도 납부하였고.

▶ 1950년 6.25사변으로 전쟁 중에 행정관청은 물론 법원, 등기소, 개인 재산이 파괴되고 화재로 많은 재산이 소실되었습니다.
보관중인 등기문서, 등기부등본, 토지대장 등 많은 재산을 잃어 버렸습니다. 개인이 보관중인 재산목록을 비롯하여 관청에서 보관중인 문서가 소실되었는지 모르고 살아왔습니다.

무지한 농민은 "내 땅을 누가 가져가겠느냐" 라고 생각하고 관리 보존하였습니다.

오랜 시간과 해가 지나고 나서 '복구등기' 하는 절차를 모르고 있었습니다.

국가에서 복구등기를 하라고 개인에게 촉구했어야 하는데 개인에게 알려주지 않은 것이 국가책임이라고 생각합니다.

오랜 연도가 지난 후에 국가에서 부동산 등기에 관한 특별조치법을 시행하면서(법률 제3094호) 개인등기를 1981년도에 가지게 되었으며, 1905~1917년경부터 연이어 계속 재산관리하고 나무심고, 가지치기와 세금도 납부하였습니다.

▶ 부동산 실명제도를 시행하면서

1995년 7월 1일 이후에는 모든 명의신탁을 금지조항으로

1. 이 시점을 계기로 명의 신탁에 약정이나 그에 따른 등기는 무효로 하고

2. 명의신탁에 대하여 형사처벌을 하고 과징금을 부과하는 것으로

3. 만약 실권리자가 명의로 등기 또는 매각 처분하지 않을 경우 기존 명의 신탁은 무효가 되고 과징금도 부과하게 됩니다.

상기와 같은 내용이 있으면서도 2005년 12월 20일 소송이 이 종중으로부터 제기되어 지방법원, 고등법원, 대법원에서 개인이 패소되어 종중으로 소유권이 이전되었습니다.

소송이 진행되는 동안 변호사를 선임하였습니다만 변호사는 물론이요 지방법원, 고등법원, 대법원의 재판장, 판사님은 경륜이 풍부하신데 패소(개인)판결을 내린 것도 국가책임이라고 생각합니다.

또 한 가지는 지적이 축소 변경되었습니다.

당초 면적 27,174㎡, 변경 면적 25,732㎡, 없어진 면적 1,442㎡(436평).

1905~1917년경 소유권 임야조사부에 당초면적 확정시기입니다. 즉 100여 년이 지난 후 2018년 2월 9일 지적 면적이 축소되었지만 그동안 재산 관리하였던 개인이 각종 세금 및 의료보험료를 납부하였습니다.

결론적으로 소송을 진행한 것은 국가공무원이 잘못된 판결이며, 지적 면적이 축소된 것 또한 공무원이 한 일이라 모든 것이 국가책임이라고 하여 국가에서 보상내지 변상하여야 한다고 생각합니다.

6.25사변 자체가 국가책임이고, 공무원이 개인 재산을 보호하여 주지 못한 결과이고 100여 년간 개인이 재산을 관리한 재산을 되돌려 주고, 면적이 축소된 것도 책임지고 보상해야 된다고 봅니다.

저자가 걸어온 길

저자가 걸어온 길

오산시 서동 453번지에서 창원兪氏 가문에 태어나 오산지역에서 23대를 살아오고 家宅의 택호는 절골댁이라는 택호를 가진 7형제의 장손으로 현재에 이르고 있으며, 현재까지 父 兪昌鎭(유창진, 2000.2.28.卒), 母 李相金(이상금, 2006.10.5.卒)을 모시고 오산지역에 초 · 중 · 고등학교를 다녔다. 軍人은 육군으로 입대하여 하사 계급으로 만기 전역하였으며, 그 후 1965년도에 오산읍사무소 지방공무원으로 채용되어 27년간의 공직 생활을 하였다. 공직 생활하는 동안 오산읍사무소, 동탄면사무소, 화성군청의 여러 부서에서 계장 직책을 두루두루 역임하였고, 화성군 향남면장을 5년여 간 재직하였으며, 오산읍이 인구증가와 읍의 확장으로 1989년 1월 1일 市로 승격되어 초대 대원동장을 거친 지방행정과 일선기관장을 거친 행정전문가이다.

오랫동안 지방행정에 몸을 담아왔기에 행정에 대한 내용과 공직생활을 마치고 사회봉사활동에 참여하여 국제로타리 3750지구 오산로타리클럽에서 초아의 봉사를 실천하면서 민주평화통일자문회의 제7기부터 11기까지 자문위원으로 10년 동안 통일업무에 기여하였고, 제10기에는 오산시협의회 회장으로 2년간 평화통일을 향한 국민의지를 한데 모으고 나라의 발전을 위하여 헌신하였으며, 남북교류협력과 국민대화합 실현에 많은 공헌을 하였다.

1. 행정을 27년간 공무를 보면서 행정의 고도의 기술을 노련하고 성숙한 오산시 행정을 이끌 수 있었고, 화성군 도시개발계장으로 근무하기 10년 전에 오산의 화성군청(현재 롯데마트) 옆 산업도로 서쪽의 도시계획구역정리를 1975년도에 하였는데 10년이 지나도록 도시계획구획정리를 확정하지 못하여 구획정리안에 있는 토지를 소유하고 있는 자(*당시 시대상황은 토지 주인들이 재산권 행사를 못하였을 때임)가 10년 동안 재산권행사를 하지 못하여 오산시민들의 원성이 하늘을 찌르는 상황에서 많은 토지 소유자들이 재산권 행사를 하지 못하는 아픔을 통감하여 공사를 시작한 지 10년 만에 역대 공무원들이 결정을 내리지 못한 것을 과감하게 용기 내어 처리한 결과 재산권 행사를 할 수 있는 여건을 부여하였다. 위와 같은 상황은 많은 행정 경험을 토대로 노련하게 대처하였기에 해결할 수 있는 상황이었다.

2. 국제봉사단체인 국제로타리 3750지구 오산로타리클럽에 1986년도에

입회하여 봉사활동을 하였으며 Fy96~97년도에 오산로타리클럽에 회장직을 역임하였다.

사회봉사에는 3개 단계가 있다고 말한다.

첫째 단계는 봉사의 능력은 있으되 마음에 머무는 것이고, 둘째 단계는 봉사의 능력과 처지에 따라 행동으로 옮기는 사항이며, 셋째 단계는 봉사는 자신을 버리는 헌신의 단계이다.

로타리의 꽃이라고 하는 '초아의 봉사' 를 실천하며 체험하고 있다.

로타리는 인도주의적인 봉사를 제공하고 모든 직업의 도덕적 수준을 고취하며 전 세계의 우의와 평화를 구축하는 데 협조하는 사업이며 전문직업 지도자들의 모임인 세계적인 조직체이다.

가. 오산로타리클럽의 자체 장학기금 조성에 Fy96~97년도 회장의 직책을 수행하면서 11,800,790원을 조성하였고, 누계로 1억3천만 원의 기금으로 장학생 114명의 장학금을 전액 지급하였다. 당해 5,440,000원의 장학금 지급.

나. 오산로타리 회관건립기금 조성으로 2,000,000원을 조성하였고, 지금 현재 누계로 6천8백만 원을 조성하여 회관 건립코자 정진하고 있으며

다. 회장 당시 불씨플러스 4,000,000원을 국제로타리 본부에 기탁하여 이 기금은 국제 인도주의, 교육, 그리고 문화교류 프로그램을 통해 세계이해와 평화를 성취하려는 국제로타리의 활동에 참여하였고

라. 독거노인들을 돌봐드리고, 소년 · 소녀 가장 돕기, 경로효친앙양으로 경로당위문, 복지시설위문, 전경대 위문, 수재의연금 등 많은 지원을 아끼지 않았다.

① 오산시내 6개 경로당에 600,000원 상당의 연료비 지원(1997.2.4.)

② 복지시설인 성심동원(200,000원 전달)

③ 관내 모범직장인에 대한 표창 및 부상(1996.12.26.)

④ 소년소녀 가장에게 방한복 50벌 전달

⑤ 취임시 클럽 장학금 일백만원 기탁

⑥ 취임시 R1재단기금 일백만원 기탁

⑦ 경로잔치

⑧ 대학생 2명 장학금, 4백만원

마. 오산천 정화활동 참여인원 150여 명의 인터랜트 학생과 로타리클럽 회원 합동으로 연 2회 실시(1996.11.17., 1996.7.30.)

바. 봉사의인칭호로 기금기탁 1회에 300,000원

유태서 1989.6.5. 기탁

유태서의 처 장차숙 1991.8.29. 기탁

유태서의 자 유민동 1993.9.13. 기탁

유태서의 자 유자동 1994.8.31. 기탁

유태서의 자 유민동 1994.8.21. 기탁

300,000원씩 5회로 총 1,500,000원

사. 폴리오플러스

로타리 전세계 16개국의 3만2천의 클럽에 회원수 122만여 명의 멤버들이 국제로타리로 구성되어 자랑스러운 사업중 지구상에서 폴리오(소아마비) 등 전염병을 없애기 위해 약 5억 달러를 지원하였고, 2005년까지 지구상에서 소아마비를 완전 퇴치할 계획으로 사업을 추진하고 있다. 로타리 재단을 설립 세계 여러 나라에 계속 장학사업을 벌이고 있으며, 부부가 로타리 봉사활동을 같이하고 있다. 약칭 P.H.F의 기금은 1,000을 기탁하여 3STon의 명칭을 갖고 있고, 부인도 로타리회원으로 4STon의 기금을 기탁하여 봉사하였다.

아. 국제봉사단체간의 자매결연을 하여 국제간의 우의를 돈독하게하고 국제간의 이해와 친선과 평화를 증진하고 있다.

① 일본의 도요로타리클럽과 우호클럽으로 1984년부터 현재까지 교류를 하고 있다. 친선 장학생 교류를 통하여 로타리 회원가정에서 홈스테이를 하여 한국의 미풍양속은 물론 한국을 알려주는데 국제간에 교류하고 있었고, 또한 한국학생이 일본을 방문하여 일본의 문화를 배우고 체험하고 있어 매년 교류하고 있다.

② 인도네시아 수라바야 틍꿋 로타리클럽과 자매클럽으로 조약을 체결하여 인도네시아의 심장병 어린이 4명에게 수술을 도와주었고 인도네시아 학생들에게 장학금 지급을 할 계획이다.

자. 광야선교회 어린이집에 6,370,000원 상당의 재활용품기구 저주파 치료기, 복사기, 망판, 페인트 작업 제공.

차. 오산시 애향장학회를 500,000원을 기탁하였으며, 로타리클럽의 누계실적으로는 2,000만원 이상을 오산시 애향장학회에 기탁하였다.

3. 오산시법원 조정위원

오산의 간이심판사건의 소송에 대한 가격이 높아짐으로 1998년 3월 1일부터 금 2천만원 미만 사건은 오산시 조정위원의 역할로 조정위원의 역할이 활발하였다.

1996년 1월 15일부터 2001년 8월까지 조정위원으로 활동하였는데 그 동안 조정 사건현황을 살펴보면 다음과 같다.

▶ 조정소액사건처리현황

년도 / 구분	97.1	97.2	97.3	97.4	97.5	97.6	97.7	97.8	98.9	97.10	97.11	97.12
조정	6	20	9	4	8	8	10	9	9	7	23	9

4. 1995년 제7기 민주평화통일자문회의 오산시협의회 자문위원으로 시작하여 1999년 7월 1일부터는 협의회 부회장직, 2001년 7월 1일부터 2003년 6월 30일까지 제 10기 오산시 회장직을 역임하면서

가. 역대 대통령께서 평화통일 위하여 노력하신 업적과 협의회의 행사활동사항을 책자로 발간하여 협의회 행사시 유용한 자료로 활

용하여 유관기관단체, 이북도민회 등을 초청 남북대화 이후 통일 전망과 햇볕정책과 국민화합을 위한 우리의 자세를 주제로 토론 및 간담회를 개최 및 강의를 하면서 통일에 대한 올바른 가치관과 다각적인 통일문제에 대한 이해를 주민들에게 주지시켜 줄 수 있도록 통일정책에 대한 홍보활동에 노력을 아끼지 않았다. 또한 매년 관내 윤리교사들을 초청 학교별로 학생들의 통일에 대한 안보교육을 실시하기 위해 의견을 경청하는 모임 및 통일기반 조성과 정책 홍보를 위한 간담회를 실시할 때 통일 안보에 대한 폭넓은 대화의 광장을 마련하는 데 누구보다 솔선수범하였다.

나. 또한 대학생 통일문제 강연회, 귀순인사초청 통일홍보 강연회, 동창과의 간담회, 통일기원산악회, 판문점 견학 등 기존의 행사를 탈피하여 각계각층의 시민이 참석할 수 있는 장을 마련하였다.

다. 특히 통일기원산악회를 통하여 오산시 각동의 인사들을 모시고 도라산역, 전망대, 제3땅굴을 견학하면서 통일의 이루어지기를 다시 한 번 느낄 수 있는 계기가 되었다.

라. 또한 각종 평화통일자문회의 주관회의에 한 번도 빠짐없이 참석하여 자문위원 및 기관 단체장 그리고 시민들에게 평화통일에 관련된 회의 내용을 설명하여 시민 통일 역량을 결집하고 이해시키는 데 크게 기여하였으며, 민주평화통일자문회의 오산시협의회 활성화를 도모하기 위하여 매월 정례회의를 개최, 자문위원 결속을 위한 모임을 참석하여 자문위원 위상을 높이는 데 헌신 노력하였다.

마. 2000년 11월 3일 6 · 15공동성명 이후 남 · 북 이산가족이 상봉이 실현되는 시기에 이산가족들의 마음을 위로하고자 오산시 거주자들 중 이산가족접수자 대상으로 가족들의 그리움을 조금이나마 덜어드리고자 마련한 행사에 참석하여 이산가족의 염원을 함께 하였다.

바. 2002년 9월 25일 민주평화통일자문회의 오산시협의회 역대회장 및 자문위원 부부동반, 공무원 대상의 행사를 통해 친목도모 및 도라전망대, 도라산역, 판문점 등을 견학하면서 세계 유일의 분단국가로서 통일에 대한 교훈을 심어주는 데 큰 역할을 하였고, 특히 도라산역을 2002년 9월 18일 남 · 북 철도연결 기공식 직후 견학한 장소로 그 의미와 뜻이 남달랐다고 할 수 있다.

사. 2002년에는 남북공동선언 2주년 기념 특강을 정치학박사를 초청하여, 평화통일을 위해 '햇볕정책이 필요한 이유' 라는 주체로 2회 실시하였다.

아. 또한 오산시민 오산사랑, 서울신문, 인천일보, 오산 · 화성신문, 기호일보, 시대일보 등 지역신문에 '북한 핵문제는 대화로 풀어야…' '독일 통일이 우리에게 주는 교훈' '대북 포용정책 더 가꾸고 발전시켜야…' 등의 내용으로 기고하였으며, 2002년 9월 10일 의정부 예술의 전당에서 개최된 경기지역회의에서 '국민대통합과 통일기반조성을 위한 제10기 자문위원의 역할' 이란 주제로 의견개진을 하기도 했다.

자. 제10기(2001.7.1.~2003.6.30.) 회장직을 역임하는 동안 다양한 행

사를 통하여 민주평화통일자문회의를 오산시민들에게 알리고 평화통일의 필요성을 교육하는 데 노력한 결과 2001년 12월 19일 경기도 31개 시 · 군중에서 의장표창(단체)을 수여하기도 하였다.

▶ 대한노인회 오산시지부 노인대학장을 역임하면서 노인들에게 지역사회에서 존경받는 노인으로서 품위 향상과 현대사회에 적응하는 능력을 배양하고, 각자가 지니고 있는 잠재능력을 재개발시키고, 노인건강 관리에 관한 지식을 부여함으로써 여생을 보람 있게 보낼 수 있도록 하여 매년 300여 명의 교육생을 졸업시켰다.

▶ 화성시 동탄면 동탄농업협동조합 사외이사 근무를 4년간 재직하면서 동탄농업협동조합의 조합원의 생산성을 높이고 조합원의 권익에 이익이 되도록 하면서 조합원의 경제적 · 사회적 · 문화적 지위를 향상시켰다.

▶ 오산새마을금고 이사와 감사 선거에 당선되어 새마을금고 회원 및 대의원에게 출자금을 늘리고, 새마을금고의 자산을 증식시켰음은 물론 회원님들의 권익 보호와 개인재산 관리에 중점을 두고 관리하였다.

차. (주)의약품 지원본부를 통하여 북한어린이에게 의약품전달금 300,000원을 지급하였으며, 삼미생활관에 생활필수품 및 과일을 전달하기도 하였다.

이와 같이 향남면장, 역촌동장의 공직생활에 이어 퇴임 후 사회단체 활동을 하면서 민주평통자문회의 자문위원으로서 협의회 부회장과 회장직을 역임하며 조국의 민주평화통일을 앞당기기 위하여 혼신의 힘을 다해 정열을 쏟고 있으며, 특히 자라나는 청소년들에게 주기적인 산교육을 체험토록 하여 올바른 통일관을 심어주는 데 노력을 아끼지 않고 있다. 또한 행정기관과 일반사회 단체가 돈독한 유대관계를 형성하여 통일 노력 및 지역 안정과 사회발전을 위한 진정한 오산시민으로서 활동을 하였다.

| 작품해설 |

4차 산업사회에서의 법질서 그리고 법의 위상

– 유태서 문집《남기고 싶은 이야기》의 시세계

김 재 엽
(정치학박사, 문학평론가, 한국불교문인협회 회장)

펜을 들고 시를 쓰면 누구나 시인이 된다. 그런데 그 시의 기본적인 과제는 그 시인이 얼마나 새로운 콘텐츠를 그의 시작품 속에 세련되게 담느냐가 관건이다. 유태서 시인은 10년 전 그러니까 2010년 고희 기념 시문집을 필자가 제작하게 된 인연으로 만나게 된 분이다. 당시 개량부추씨를 한 봉지 선물로 주시고, 또 개량부추 모종을 한 묶음 주시면서 텃밭에 심으면 해마다 부추만큼은 실컷 먹을 수 있다고 하셨던 말씀이 지금도 생생하게 기억이 나는데, 10년이 지난 올해도 그 개량부추를 잘 먹고 있음에 고마운 인사를 곁들인다.

당시 시문집으로 엮은《작은 행복》에 실린 80편의 시는 거의 모두가 서민 생활을 대변하고 향토미 듬뿍 담긴 순수서정시가 주류를 이루고 있었는데, 이번에 상재하는 문집《남기고 싶은 이야기》는 36편의 시와 10여 편의 산문으로 구성되어 있다. 특히 36편의 시중에서 법과 관련된 시편이 주종을 이루고 있는데 유태서 시인께서 그간 종중과의 재산권 다툼으로 상당기간 신경을 많이 쓴 모양이다.

어쨌든 본고에서는 유태서 시인의 시편 위주로 해설을 할까 하는데 이번 문집에 발표하는 시는 법정에서의 일화와 판결에서의 아쉬운 점 등을 심층 표출한 목적시들이 대부분을 차지한다. 그럼에도 불구하고 유태서 시인의 시편들은 서민생활을 풍자적으로 묘사하면서 저항적 알레고리를 통한 소박한 삶의 진실을 메타포하고 있어 잔잔한 감동을 전해 준다. 특히 절제된 시어로써 설득력 있는 이미지를 형상화시키며 주지적 사상을 담아 리듬감을 높이는 것이 유태서 시인의 시적 의도를 더욱 심도 있게 표출하고 있다.

우선 〈죄〉를 살펴보자.

대못이 박힌 자는
죽을 때 편히 잠들지만
남의 가슴에 대못질한 자는
잠을 잘 때도 다리를 오므리고 잔다

마음이 평온해야 한다
어느 종중이나 마찬가지
개인재산을 탈취하기 위하여
종중원을 총동원하는 것은
인간답지 않은 일이지만
그것을 쟁취하기 위하여

벌떼같이 대드는 모습이 가증스럽다

인간이 잠깐 동안 재산을 빌려 썼고
직위도 잠시 이용했지만
짧은 인생을 마무리할 때
가져가는 것이 하나도 없다

그 인간들이 불쌍하다
죄를 받는다
행복의 죄를
악의 죄를
인생의 죄를
평생의 죄를
대대로 자손에 이르기까지 죄를

인생을 잘못 살아가는 불쌍한 인간들

– 〈죄〉 전문

어쩌면 대다수의 순수서정시인들이 기피하는 제재며 콘텐츠 그 자체가 웬일인지 유태서 시인이 차용하였다는 점에서는 매우 참신하다는 것을 지적하고 싶다. 알기 쉬운 시어를 동원하여 새로운 소재 전개로써 설득력 있는 이미지와 드라마틱한 시퀀스(sequence; 똑같은 주제의 연속) 처리가 독자들로 하여금 더욱 쇄신된 시적 박진감을 느끼게 한다. 사실

물질만능시대에 살면서 선대로부터 물려받는 유산이란 "인간이 잠깐 동안 재산을 빌려 썼고/ 직위도 잠시 이용했지만/ 짧은 인생을 마무리할 때/ 가져가는 것이 하나도 없"는 것임을 상기시키며 "인생을 잘못 살아가는 불쌍한 인간들"에게 경고한다.

또한 같은 연장선상에서 친인척이라고 하는 종중 사람들이 재산에 눈이 멀어 조직적으로, 또 필사적으로 달려들어 법의 심판대에 올려놓는 바람에 장기간 '치욕'의 시간을 갖게 되고, 마음 또한 아프게 한 시 〈치욕〉을 살펴보면, 오늘의 세태 전반을 풍자적인 처리와 함께 아픔의 미학으로 감내하는 유태서 시인 스스로의 시절 이미지를 엿보게 해준다.

지금까지 조상님들께서는 소송이라는
말조차 들어보지 못하였다

시대가 변화하고 발전되고
개인이기주의가 발달하면서
수많은 소송이 많이 나타나고 있다

종중 이름으로 처음 소송인 것 같다
왜 그랬을까?
원인은 그 지역이 토지수용이 된다고 하니까
개인이 보상을 받는 것이 배가 살살 아프니까
그래서 시작이 되었다

마당 끝에서 10촌이 나온다
아저씨, 조카, 형님, 아우님 하더니
서로 헐뜯고 손가락질하며
오순도순 살아가는 모습은 온데간데 없다

피붙이 집안 싸움한다
어떠한 것이 옳고 틀림을 따지기 앞서
집안의 치욕이다
좋은 일에 종중원이 단합해야지
나쁜 일에 마음을 합치니 한심스럽다

눈이 어두우니까
치욕이 아닐 수 없다

– 〈치욕〉 전문

여기서 유태서 시인의 시적 재능을 높이 평가하게 된다. "피붙이 집안 싸움한다/ 어떠한 것이 옳고 틀림을 따지기 앞서/ 집안의 치욕이다/ 좋은 일에 종중원이 단합해야지/ 나쁜 일에 마음을 합치니 한심스럽다// 눈이 어두우니까/ 치욕이 아닐 수 없다"고 시종 '인간애'를 담보한 휴머니즘을 시의 저변에 깔고 있는데 스스로가 당면한 현실적 '치욕'을 깊이 성찰하는 모습이 매우 인상적이다. 사실 유태서 시인은 특별히 시문학적인 전문 교육을 받은 것 같지는 않다. 그렇기 때문에 오히려 작품들 저마다가 매우 개성적이며 순수한 흐름을 타고 있어 더욱 높이 평가하게 된다. '기교 아닌 기교'로써 오히려 세련된 시어를 구사함으로써 선명한 이미지를 집약적으로 표출하는 레토릭(rhetoric/ 수사법)을 구체적으로 제시하고 있다고나 할까. 다음 작품을 보자.

토지가 2인 명의로 되어 있다
토지소유자 2인중 한 사람이 은행에 담보를 제공하고
돈을 빌려 사용하고자 할 때
토지소유자 2인중 1명이 담보 제공하지 않으면
대출을 받을 수가 없어서
담보 제공을 해 주었고
대출받은 돈에서 한 푼도 사용하지 않았다

은행에서 대출받아간 사람은 파산이 되었고
행방불명되었고 부인과 이혼을 하였으며
자식들과도 왕래를 하지 않고 있어서
형사고발하겠다고 준비하는 과정에서
형사고발은 할 수 없고 민사소송으로나 해야 된다고 한다

민사소송도 은행에서 대출받아간 사람에게
재산이 있고 자금이 있는 것이 확인되어야 되는데
재산이 전무하다면
민사소송도 해 보았자 아무 소용이 없다 한다
담보 제공한 자만 억울하게 손해를 보고도 하소연할 데가 없다

담보 제공은 물론 보증을 해 주는 것은
어느 누구도 하지 말라는 교훈이다

– 〈교훈〉 전문

아이러니하게도 법정에 자주 참여하다 보니 그 현장에서 법적 모순을 발견하게 되고 그 자체가 생활에 교훈이 되는 점을 인용하여 시로 엮은 작품이다. 2인 소유의 토지를 1인이 담보제공에 동의한 사건에서 "은행에서 대출받아간 사람은 파산이 되었고/ 행방불명되었고 부인과 이혼을 하였으며/ 자식들과도 왕래를 하지 않고 있어서/ 형사고발하겠다고 준비하는 과정에서/ 형사고발은 할 수 없고 민사소송으로나 해야 된다고 한다// 민사소송도 은행에서 대출받아간 사람에게/ 재산이 있고 자금이 있는 것이 확인되어야 되는데/ 재산이 전무하다면/ 민사소송도 해 보았자 아무 소용이 없다 한다/ 담보 제공한 자만 억울하게 손해를 보고도 하소연할 데가 없다/ 담보 제공은 물론 보증을 해 주는 것은/ 어느 누구도 하지 말라"고 보증의 폐해를 적시하며 삶에 법적인 '교훈'을 제시하고 있다.

더불어 삶의 의미를 더할 수 있는 교훈적 시가 있어 소개해 볼까 한다. 법정이나 소송과 관련 없는 인간사에서 체득하게 되는 교훈적인 요소가 듬뿍 담긴 〈인생무상〉이다.

사람의 일생은 알고 보면 참으로 덧없는 짓
사람 나고 돈 생겼지 돈 나고 사람 생겼나
우리는 삶에서 반드시 이루고 싶은 것을 설계하고
실천에 옮기기 위하여 최선을 다하지요

공들여 마련한 재산 알뜰살뜰 요모조모 아껴서
어렵고 힘든 사람 도와주고 보람을 느끼는 인생
돈이란 잠시 빌려 쓰는 것 욕심을 두지 말자
떠날 때는 빈손으로 가는 아무것도 없는 뻐저린 것을
허무한 인생무상인 것을

-〈인생무상〉 전문

한국 현대시가 걸어온 지도 어느덧 100년을 훌쩍 넘어섰다. 1908년 11월에 『소년』지에 발표된 최남선의 신체시 〈해에게서 소년에게〉 이래로 그동안 수많은 시인들이 배출되면서 한국 현대시는 발전되어 왔다. 이제 우리는 21세기라는 새로운 세기를 살아가며 보다 더 긍정적으로 사물을 접하면서 더욱 적극적으로 온갖 사상을 새로운 시에 수용하며 진취적인 기상으로 한국 현대시의 새로운 전형을 이루어 나가야 할 것이다.

이번에 상재되는 유태서 문집의 시편들에서는 그의 첫 시문집과는 달리 순수한 서정미가 담긴 리리컬한 포에지를 대할 수 없어 다소 아쉽긴 한데 위에 예시한 〈인생무상〉은 유태서 시인이 80평생을 살아오면서 체득한 선험적인 의미를 담은 서정성도 엿보여 가슴을 따뜻하게 하고 있다. "공들여 마련한 재산 알뜰살뜰 요모조모 아껴서/ 어렵고 힘든 사람 도와주고 보람을 느끼는 인생/ 돈이란 잠시 빌려 쓰는 것 욕심을 두지 말자/ 떠날 때는 빈손으로 가는 아무것도 없는 뻐저린 것을/ 허무한 인생무상" 임을 노래하면서 사사로운 욕심은 두지 말자고 스스로에게 다짐한다. 더불어 가족, 특히 아내의 소중함도 되새기면서 자연과 함께 인생 또한 성찰하는 감미로운 시 〈아내〉를 살펴보자.

시골에 살고 싶다 한다
맑은 공기 마시고
정원도 가꾸고
산새소리 들으며
조용하게 살아갑시다 한다

시골에 작은 집을 지었다
공터에 나무와 꽃을 심었다
자리 잡히기까지 10년이 되어서
조화를 이루고
조경에 전문가답게
봄이면 꽃을 피우게 하고
여름에는 녹색의 숲을 만들고
가을에는 들국화 그윽한 향기
작은 물 향기 수목원
겨울에 눈이 많이 쌓였다

소나무 가지에 하얀 눈이
무게를 지탱하기 힘들어 휘어졌다
베란다 밖 눈을 치우고
새 먹이를 놓아주고
이름 모를 갖가지 새들
새파란 깝죽새

붉은색 띤 작은 새
서로 시샘하며 먹이를 먹는다
자연과 더불어 적응하며 산다

아내는 전문조경사다

-〈아내〉 전문

이 시에서는 전문조경사인 아내의 조언에 따라 부담 없이 생활하고 알기 쉽게 돌아보는 고향의 따사로운 정경이 연상된다. "소나무 가지에 하얀 눈이/ 무게를 지탱하기 힘들어 휘어졌다/ 베란다 밖 눈을 치우고/ 새 먹이를 놓아주고/ 이름 모를 갖가지 새들/ 새파란 깝죽새/ 붉은색 띤 작은 새/ 서로 시샘하며 먹이를 먹는다/ 자연과 더불어 적응하며 산다"에서 애틋하고 감미로운 고향의 품안으로 잠겨드는 기분이다. 시인이 삶의 터전에서 그려내는 '아내'와의 메시지는 바로 청자(聽者)에게 전하는 계절의 변화 속에서 "자연과 더불어 적응하며" 사는 인생사, 특히 가을과 겨울의 행간에는 원망과 착함과 아름다움과 매서움이 공존하는 결실의 계절이 회화적(繪畵的)으로 그려져 있다. 이러한 서정성은 항상 잔잔하면서도 포근한 심성의 발현으로 작품이 전개되는 특성을 읽을 수 있게 한다.

시는 억지로 쓰는 것이 아니다. "자연스럽게 읽히게 써야 한다"는 김영랑의 〈시 이야기〉 한 대목이 유태서의 시 〈아내〉와 더불어 뇌리를 스쳐 지나간다. 시는 개성적으로 부각된 정서적 상념을 시인 스스로 어떻게 서정적으로 빼어나게 이미지화 시키느냐 하는 것이 시작법의 중요한 과제다. 유태서 시인의 서정시를 대하며 전편적으로 느낀 것은 시가 순수 서정의 바탕 위에서 로맨틱 리리시즘으로써 조화롭게 다루어지고 있다는 것에 크게 주목하게 되는 것이다. 시의 크기를 재거나 분량을 정할 규정 같은 것은 따로 없다. 누구나 읽어서 참다운 공감을 얻게 된다면 그 시 세계는 성공하는 것이다. 유태서 시인이 이번에는 또 어떤 이야기를 시로써 이미지화 시키는지 〈가까운 친구〉를 통해 살펴본다.

느닷없이 찾아온 친구
그 이름 고혈압
같이 살아가자고

30년 전에 갑자기 찾아왔다
뿌리칠 수 없어
같이 살아가고 있다

또한 껌딱지가 찾아왔다
그 이름 고지혈
죽을 때까지 같이 살아가자 한다

갑자기 찾아온 친구
껌딱지 고지혈과 고혈압
매일 뒤범벅이 되어
같이 살자 한다

보약 같은 친구
같이 살아가는 게 운명인 것을

– 〈가까운 친구〉 전문

좋은 시는 읽었을 때 자연스러우면서 순수함으로써 시의 진가를 잘 나타내준다. 시인은 누구에게나 가장 '나다운 개성미의 시세계 전개'가 절실한 것이다. 그와 같은 견지에서 유태서 시인의 작품을 대하면서 거듭 느끼는 것은 상당수의 작품마다에 새로운 노래로서의 서정이 가득 녹아서 넘치고 있다는 것이다. "갑자기 찾아온 친구/ 껌딱지 고지혈과 고혈압/ 매일 뒤범벅이 되어/ 같이 살자 한다// 보약 같은 친구/ 같이 살아가는 게 운명"이라며 노래하고 있는데 '제압할 수 없으면 친구 삼아 동행하라'는 어느 의사의 조언을 생각하게 하는 대목이다. 어쩌면 인생의 참다운 아포리즘을 이 시에서 찾아보는 느낌이랄까.

우리는 오늘을 살고 있으나 앞으로 불과 몇 분 만에 과연 어떤 일이 벌어질 것인지는 전혀 모르고 살아간다. 마음에 누가 되는 짐일랑 훌훌 벗어버리고 홀가분한 심성으로 편안하게 미래를 맞이할 일이다.

이번에 유태서 시인의 법과 관련한 목적시와 더불어 서정미 넘치는 시편들을 대하면서 크게 반가웠다. 특히 타고난 천부의 재질을 아낌없이 발하는 유태서 시인의 시적 역량을 살펴보면서 산수(傘壽)에 접어든 연치이긴 하나 앞으로도 더욱 정력적이면서 예지에 빛나는 주지적 리리시즘의 미감을 시로써 한껏 표출하기를 기대해 본다.

남기고 싶은 이야기

•

지은이 / 유태서
발행인 / 김영란
발행처 / **한누리미디어**
디자인 / 지선숙

•

08303, 서울시 구로구 구로중앙로18길 40, 2층(구로동)
전화 / (02)379-4514
Fax / (02)379-4516
e-mail/hannury2003@hanmail.net

•

신고번호 / 제 25100-2016-000025호
신고년월일 / 2016. 4. 11
등록일 / 1993. 11. 4

•

초판발행일 / 2020년 6월 30일

•

•

값 12,000원

•

ISBN 978-89-7969-823-7 03810